Frida Nilsson

Frohe Weihnachten, Zwiebelchen!

Frida Nilsson

FROHE WEIHNACHTEN, ZWIEBELCHEN!

Aus dem Schwedischen
von Friederike Buchinger

Mit Bildern von Anke Kuhl

GULLIVER

Ebenfalls lieferbar:
»Frohe Weihnachten, Zwiebelchen!« im Unterricht – in der Reihe
Lesen – Verstehen – Lernen
Bestellnr. 44431

Kostenloser Download: www.beltz.de/lehrer

MIX
Papier | Fördert gute Waldnutzung
FSC® C089473
FSC www.fsc.org

Dieses Buch ist erhältlich als:
ISBN 978-3-407-74906-2 Print

Übersetzung: Friederike Buchinger
Einbandgestaltung und Illustrationen: Anke Kuhl
Satz: Meris Sibilla
Neue Rechtschreibung
Druck und Bindung: Beltz Grafische Betriebe, Bad Langensalza
Beltz Grafische Betriebe ist ein Unternehmen mit finanziellem Klimabeitrag (ID 15985-2104-100)
Printed in Germany
6 7 8   26 25 24

Weitere Informationen zu unseren Autor:innen und Titeln
finden Sie unter: www.beltz.de

1

Das hier ist Zwiebelchen. Ja, also, natürlich ist er keine richtige Zwiebel! Und klein ist er auch nicht. Im Sommer ist er sogar schon in die Schule gekommen. Aber einmal war er klein und neu und ganz rund, und damals fing Mama damit an, ihn Zwiebelchen zu nennen. Obwohl er eigentlich Stig heißt.

So sieht er aus: Brille, Haare zur Seite, Mundwinkel, die nach oben zeigen, haarige Schultern. Aber die sieht man nur, wenn er den Pulli auszieht, und das macht er jetzt nicht. Weil er ihn gerade erst angezogen hat.

Zwiebelchen wohnt in einem blauen Haus, das ziemlich hässlich ist, an mehreren Stellen blättert die

Farbe ab. Aber eigentlich fällt das gar nicht so auf. Ihm jedenfalls nicht.

Vor dem Haus steht ein Auto, das Jetta heißt.

Drinnen gibt es ein großes Schlafzimmer und ein kleines. Das kleine gehört Zwiebelchen. Und dann gibt es natürlich noch eine Küche und ein Wohnzimmer mit einem gelben Sofa. Da stehen viele Bücher in den Regalen und in einem der Fenster hängt ein leuchtender Papierstern!

Mama hat ihn gestern Abend aufgehängt, nachdem Zwiebelchen eingeschlafen war. Der Stern ist orange. Der Stern von Bethlehem war bestimmt auch orange. Aber nicht aus Papier.

Zwiebelchen stützt sich auf die Sofakante und betrachtet den warmen Lichtschein. Er liebt diesen Stern. Weil er dann weiß, dass in 24 Tagen Heiligabend ist.

»Weißt du, was ich mir zu Weihnachten wünsche, Mama?«, fragt er.

Mama nickt. Sie sitzt am Küchentisch und schreibt an einem Artikel.

»Ein Fahrrad, oder?«, sagt sie.

»Mm.«

Mama nickt und tippt weiter. Wenn der Artikel

fertig ist, schickt sie ihn zur Zeitung. Nach einer Weile schaut sie hoch.

»Das ist zu teuer, Zwiebelchen. Das weißt du. Und bald kommt der Schnee, dann kann man sowieso nicht mehr Fahrrad fahren. Vielleicht fällt dir ja noch ein anderer Wunsch ein?«

Zwiebelchen geht in die Diele und zieht sich Jacke, Mütze und Stiefel an.

»Klar«, murmelt er.

Er macht die Tür auf und tritt unter das Vordach. Draußen ist alles von einer Haut aus Eis überzogen. Sein Atem dampft, als er sich umdreht und Tschüss sagt.

Mama schaut wieder hoch. Sie lächelt.

»Tschüss, Zwiebelchen. Viel Spaß in der Schule.«

Dann geht er. Das Gartentor quietscht. Das liegt daran, dass es alt ist. Seit vielen, vielen Jahren hängt es an diesen alten Steinpfosten. Womöglich, seit die Zeit geboren wurde.

Draußen ist es dunkel, der Boden ist schwarz. In allen Fenstern leuchten Adventssterne und Kerzen. Nur in den Stallfenstern, Schuppenfenstern und Garagenfenstern nicht. Kilsmo heißt das Dorf.

Zwiebelchen läuft und läuft. Der Schulweg dauert

zehn Minuten. Manchmal beschlagen die Brillengläser. Dann muss er stehen bleiben und sie abreiben, sonst läuft er womöglich noch in die falsche Richtung. Man stelle sich nur mal vor, er würde geradewegs über das Feld marschieren und mit einem Fuß in den Bahnschienen hängen bleiben! Dann würde ihm der Zug den Fuß abfahren, er müsste auf einem Bein weghumpeln und würde am nächsten Tag mindestens zwanzig Minuten bis zur Schule brauchen.

Ein Fahrrad, ein Fahrrad, ein Fahrrad. Vielleicht ein grünes oder ein rotes. Oder ein schwarzes, wenn es das gibt? Ja, ihm wäre jede Farbe recht, solange er nur ein Fahrrad zu Weihnachten bekäme! Aber Fahrräder sind eine teure Angelegenheit. Er muss sich etwas anderes überlegen.

Manchmal, wenn er die Straße entlanggeht und keiner schaut, dann *tut* er so, als hätte er ein Fahrrad. Jetzt auch.

Er streckt die Hände aus, als würde er einen Lenker halten, und dann rennt er so schnell, dass die Kieselsteine nur so spritzen. Der Wind pfeift ihm um die Ohren, die Adventssterne werden zu verschwommenen Strichen. Und die Fußgänger stürzen in den Straßengraben, weil er so schnell fährt, doch Zwiebelchen bleibt nicht stehen. Er ruft nur: »JUHUU!«, und saust weiter.

Aber plötzlich, ohne dass er das Knirschen hinter sich gehört hat, wird er fast umgefahren. Es ist Elmar. Er geht in Zwiebelchens Klasse. Sein Papa fährt hinter ihm. Elmar hält an. Er hat natürlich gesehen, dass Zwiebelchen so komisch mit ausgestreckten Händen herumgerannt ist.

»Was machst du da?«, fragt er.

Zwiebelchen antwortet nicht. Seine Wangen brennen. Er schaut Elmars blaues Fahrrad an. Er weiß, dass Elmar und sein Papa zusammen in die Stadt gefahren sind und es bei *Tottas Räder* gekauft haben.

So stehen sie da. Elmar schaut Zwiebelchen an und Zwiebelchen Elmars Fahrrad. An der Diesel-Tankstelle flitzt ein Hase vorbei. Nach einer Weile stellt der Papa seinen Fuß wieder auf das Pedal.

»Na dann«, sagt er. »Wollen wir weiter?«

»Mm«, sagt Elmar und radelt wieder los. »Bis nachher in der Schule, Stigge.«

»Mm«, sagt Zwiebelchen. Er blickt Elmar nach, der mit einem *Swusch* in der Kurve verschwindet. Das Rücklicht des Fahrrads sieht aus wie ein riesiges rotes Auge.

2

Zwiebelchen kann kein Fahrrad zu Weihnachten bekommen. Ein Fahrrad ist zu teuer. Er muss sich einen anderen Wunsch einfallen lassen. Aber das geht nicht! Wenn man nur eine einzige Sache auf der ganzen Welt haben will, dann kommt einem alles andere vor wie Müll! Zwiebelchen könnte sich genauso gut einen alten, verschwitzten Strumpf wünschen, so wenig möchte er etwas anderes!

Die Zapfsäule an der Diesel-Tankstelle ist rostig. Auf dem Schild steht immer noch SKr 5,92. Es ist lange her, dass man hier tanken konnte.

Wenn Zwiebelchen an der Tankstelle vorbeigegangen ist, kommt eine Kurve. Da steht ein großes rosa Haus. Über dem Erdgeschoss steht auf einem Schild:

Moto-Fix. Im Obergeschoss wohnt ein komischer Vogel.

Der komische Vogel heißt Karl. Sein eines Bein ist zu kurz. Es kann auch sein, dass das andere Bein zu lang ist, das weiß man nicht. Aber das ist auch egal, denn es liegt nicht am Bein, dass er ein komischer Vogel ist. Es liegt daran, dass er Hühner hypnotisieren kann. Er zeigt mit der ganzen Hand auf das Huhn, wie ein Soldat, und schreit: »GEH RÜCKWÄRTS!« Und dann macht das Huhn, was er gesagt hat!

Ja, so wird es jedenfalls herumerzählt. Die Fünftklässler wollten sich mal heimlich zu ihm schleichen, um zu sehen, ob es wirklich stimmt. Aber da stand Karl nur vor dem Schuppen und hackte Holz.

Zwiebelchen läuft immer ganz schnell bei Moto-Fix vorbei. Nicht dass er aus Versehen einen Blick in den Garten wirft und dann mit ansehen muss, wie Karl zack, zack seine Hand ausstreckt und überall Hühner mit dem Po voraus herumrennen! Hu!

Aber gerade an diesem Morgen beeilt er sich nicht. Stattdessen bleibt er stehen. Er schaut zu den Fenstern. Bis auf eines sind alle dunkel. In keinem hängt ein Stern. Komische Vögel mögen vielleicht keine hübschen Sachen im Fenster? Vielleicht wollen sie am liebsten alles extra hässlich haben?

Zwiebelchen beißt sich auf die Unterlippe, das macht er immer, wenn er nachdenkt.

Und WENN es wahr ist? WENN Karl wirklich hypnotisieren kann … dann könnte er vielleicht Mama hypnotisieren – und dafür sorgen, dass sie vergisst, dass sie kein Geld für ein Fahrrad hat? Vielleicht funktioniert so was ja nicht NUR bei Hühnern!

Zwiebelchen schaut die Straße hinunter. Es ist nicht mehr weit bis zur Schule. Und bestimmt bleibt noch ganz viel Zeit, bis die Schulglocke läutet. Er kann sich noch ein bisschen heimlich umsehen. Und falls er Karl dabei zufällig entdeckt, dann kann er ihn vielleicht fragen!

In der Auffahrt liegen Motorteile und Reifen. Die Werkstatttore sind riesig, damit man mit seinem Auto direkt reinfahren kann. Dann repariert Karl das, was kaputt ist, und man fährt wieder raus.

Im Garten hinter dem Haus ist es dunkel. Vor dem blauschwarzen Himmel kann man die dürren Zweige der kahlen Apfelbäume erkennen. An der Hauswand stehen eine Menge rostiger Fässer, daneben liegt ein abgebrochener Rechen. Was für ein Durcheinander!

Zwiebelchen steigt die erste Treppenstufe zur Haustür hoch. Alles ist still.

Vielleicht schläft Karl noch? Vielleicht brennt die Lampe hinter dem Fenster schon seit gestern Abend? Dann wird er bestimmt sauer, wenn man anklopft.

Aber plötzlich sieht Zwiebelchen, dass auch in einem der Schuppen Licht brennt! Mit vorsichtigen Schritten schleicht er näher.

Als er fast da ist, sieht er, was für ein Schuppen es ist. Einer mit schrägem Dach und einer kleinen Luke mit Rampe. Das Hühnerhaus.

Plötzlich hat Zwiebelchen es sich anders überlegt, er möchte nicht mehr. Er dreht sich um und will gerade verschwinden, als sich die Tür zum Hühnerstall öffnet und Karl rauskommt.

Er sieht Zwiebelchen nicht. Das Licht aus dem Hühnerstall bildet ein Viereck auf der Wiese. Karl marschiert geradewegs durch das Viereck, hinkend und unheimlich. Er hat etwas in der Hand. Eine Tasche?

Nein, jetzt sieht Zwiebelchen, was es ist!

Das Blut in seinen Adern gefriert fast zu Eis!

Es ist ein Huhn!

Es hängt kopfüber in Karls Faust, die Flügel zeigen

zum Boden wie zwei große Servietten. Es rührt sich nicht und es schreit auch nicht.

Karl geht zu einem Müllhaufen neben dem Hühnerhaus. Er schleudert das Huhn auf den Haufen und stapft wieder zurück.

Zwiebelchen ist wie erstarrt, er kann kaum atmen. Er weiß genau, wie alles zugegangen sein muss: Karl hat das Huhn gezwungen, rückwärtszugehen – bis es so müde war, dass es gestorben ist!

3

Sein Herz steht still. Mit großen erschrockenen Augen sieht Zwiebelchen, wie Karl zurück zum Hühnerhaus wackelt. Er dreht sich nicht mal um, um nach dem armen Huhn zu schauen, das er auf den Müll geworfen hat. Vielleicht ist er einfach froh, dass es tot ist? Vielleicht ist es genau das, was er will, wenn er Hühner hypnotisiert? Dass sie rückwärtsrennen, bis sie umkippen? Vielleicht steht er daneben und schaut lachend zu?

Zwiebelchen wird ganz kribbelig, wenn er daran denkt. Nein, niemals darf dieses Scheusal seine Mama hypnotisieren! Sobald Karl wieder im Stall ist und die Tür hinter sich zugemacht hat, wird Zwiebelchen wegrennen.

Aber plötzlich landet etwas vor Zwiebelchens Füßen. Ein brauner Apfel hat seinen Zweig losgelassen und ist auf den Boden geplumpst. Karl will gerade über die Schwelle treten, aber er hat das Geräusch auch gehört und dreht sich um. Und sieht Zwiebelchen!

Ja, also, er sieht etwas. Aber es ist so dunkel, dass er wohl nicht richtig erkennen kann, *was* er sieht, und deshalb kommt er näher.

Zwiebelchen kann nicht wegrennen. Es ist, als hätten seine Füße Wurzeln geschlagen. Karl bleibt vor ihm stehen und schaut ihn an. Er ist groß und hat eine lange, krumme Nase. Seine Hände sind groß wie Teller. Zwiebelchen schluckt und schluckt, um nicht loszuweinen. Was, wenn Karl ihn gleich hypnotisiert? Was, wenn er danach nie wieder vorwärtsgehen kann?

»Hallo«, sagt Karl.

Zwiebelchen antwortet nicht.

Karl sagt eine ganze Weile gar nichts mehr. Man sieht ihm nicht an, ob er wütend ist oder einfach normal.

»Wolltest du zu mir?«, fragt er.

Zwiebelchen schüttelt den Kopf, die Worte sind

irgendwo tief in ihm drinnen stecken geblieben und kommen nicht raus.

Karl schweigt noch ein bisschen länger. Dann sagt er:

»Bist du nicht Noras Junge?«

Da läuft es Zwiebelchen eiskalt den Rücken herunter! Wieso spricht Karl plötzlich von Mama? Kann er vielleicht Gedanken lesen?

Zwiebelchen denkt so angestrengt nach, dass sich in seinem Kopf alles dreht. Da hört er ein Gackern. Beide schauen zum Hühnerhaus. Karl hat die Tür offen gelassen. Das Huhn, das herauskommt, ist klein. Sein Kamm ist nur ein zackiger rosa Rand. Seine Augen sehen aus wie schwarze Perlen. Es trippelt vorsichtig über die gefrorene Wiese, streckt die Füße wie eine Ballerina. Der Kopf ruckt vor und zurück.

»Magst du Hühner?«, fragt Karl.

Zwiebelchen weiß nicht, was er antworten soll. Wenn er Nein sagt, freut sich Karl vielleicht und will, dass sie gemeinsam fiese Sachen mit den Hühnern anstellen?

»J-ja«, sagt er.

Karl nickt.

»Bist du deshalb hergekommen?«, fragt er.

Zwiebelchen denkt und denkt, aber sein Gehirn kann sich keine schlauen Sachen mehr ausdenken. Er zuckt nur mit den Schultern und flüstert:

»Ich weiß nicht.«

Karl zögert.

»Vielleicht bist du hergekommen, um mir nachzuschleichen?«, fragt er.

Zwiebelchen schüttelt den Kopf.

»Nein.«

»Manche Kinder machen das«, sagt Karl.

»Das war nicht deshalb«, murmelt Zwiebelchen. »Es war nur wegen … wegen dem, was du gesagt hast.«

Da nickt Karl. Er sieht ein bisschen froh aus. Er geht zu dem grauen Huhn und hebt es hoch. Ganz ruhig kuschelt es sich in seinen Arm.

Karl kommt zurück und geht in die Hocke.

»Du kannst es streicheln, wenn du magst.«

Zwiebelchen schaut die kleine Henne an. Dann schaut er zu dem anderen Huhn, dem Huhn, das auf dem Müllhaufen liegt.

»Was ist mit dem da passiert?«, fragt er.

Karl senkt den Blick.

»Als ich heute Morgen in den Stall gekommen bin, lag es auf dem Boden«, sagt er. »Mausetot.«

Man sieht, dass das wohl stimmt. Karls Augen sind feucht geworden. Ein Tropfen kriecht aus seiner langen, krummen Nase.

Zwiebelchen zögert. Er betrachtet das kleine Huhn auf Karls Arm.

»Ich muss zur Schule«, sagt er.

Dann dreht er sich um und rennt weg.

Als er wieder an der Straße ist, ist es heller geworden. Der Mond ist verschwunden. Zwiebelchen rennt um die nächste Kurve, und während seine Füße über den gefrorenen Boden hasten, denkt er an das Huhn, das so still und ruhig in Karls Arm lag. Hühner, die hochgenommen werden, sind normalerweise gar nicht ruhig. Sie flattern und gackern aufgeregt und führen sich auf wie die Verrückten.

Vielleicht, denkt Zwiebelchen, stimmt es gar nicht, dass Karl froh ist, wenn die Hühner sterben. Aber auf jeden Fall kann er geheimnisvolle Sachen!

4

So sieht Zwiebelchens Schule aus: riesengroß und aus Holz, sie ist rot und an der Seite gibt es eine Feuertreppe. Ganz oben ist die Turnhalle und ganz unten Zwiebelchens Klassenzimmer.

Obwohl es natürlich nicht *nur* ihm gehört. Es gehört auch Lisen, Miguel, Elmar, Svea, Majken, Bertil, Tore, Eva-Kajsa und Jim.

Jim ist Zwiebelchens bester Freund. Seine Haare haben dieselbe Farbe wie Kartoffelbrei, und seine Stimme klingt ziemlich hell und feierlich, wenn er redet. Er wohnt auch zehn Minuten von der Schule entfernt, aber nicht in Zwiebelchens Richtung, sondern in die andere.

Es hat schon geklingelt, als Zwiebelchen angerannt

kommt. Die Kinder warten vor dem Klassenzimmer, Jim auch.

Nachdem Zwiebelchen seine Wintersachen ausgezogen hat, flitzt er schnell zu ihm und erzählt, dass er sich mit Karl unterhalten hat. Jims Augen werden groß wie Spiegeleier.

»Hast du ihn gefragt, ob er Hühner hypnotisieren kann?«, fragt er.

Zwiebelchen schüttelt den Kopf.

»Vielleicht nächstes Mal.«

Da werden Jims Augen noch größer.

»Willst du etwa noch mal da hingehen?«, fragt er.

Zwiebelchen antwortet nicht. Drüben vor dem Schwarzen Brett steht Elmar, der Zwiebelchen an der Diesel-Tankstelle fast umgefahren hat. Er flüstert Miguel etwas zu. Sie kichern. Zwiebelchen schluckt. Vielleicht flüstern sie über ihn? Findet Elmar, dass Zwiebelchen wie ein dummes Baby aussah, als er so mit ausgestreckten Armen den Weg entlanggerannt ist?

»Stigge?«, sagt Jim. »Willst du da noch mal hin?«

Zwiebelchen zuckt mit den Schultern.

»Ich habe mich noch nicht entschieden.«

Jetzt kommt die Lehrerin. Sie hat lockige braune

Haare und eine Brille mit dicken Gläsern. Sie lächelt, als sie die Tür zum Klassenzimmer aufschließt.

»Ja, jetzt ist die Weihnachtszeit wirklich da!«, sagt sie. »Frohen Advent!«

»Frohen Advent!«, rufen die Kinder und rennen rein.

Ja, der Advent ist eine herrliche Zeit, findet Zwiebelchen. Der Advent macht alles schön! Das Klassenzimmer sieht schön aus, die Kinder sehen schön aus, und die Lehrerin, die sowieso schon schön ist, sieht noch schöner aus.

Und als die Kinder »Adveeeent, Adveeeent, ein Lihichtlein breeeennt« singen, da singt Zwiebelchen am schönsten von allen. Weil Zwiebelchen gut singen kann. Wenn er singt, klingt es, als würden die Engel im Himmel grölen.

Sagt jedenfalls Mama.

Aber es ist ein blödes Gefühl, dass Elmar und Miguel immer noch so kichern.

Wenn Zwiebelchen in ihre Richtung schaut, sitzen sie da, halten sich die Hände vor den Mund und wackeln vor Lachen.

»Hört mal, ihr beiden, es reicht jetzt!«, sagt die Lehrerin ein paarmal. »Was ist denn so lustig?«

Da schauen sich Elmar und Miguel an und prusten noch mehr. Sie wollen es nicht sagen.

Zwiebelchens Wangen glühen. Jedes Mal sieht er vor sich, wie dumm er gerannt ist und wie Elmar auf seinem glänzenden blauen Fahrrad geglotzt hat.

»Na, jetzt seid ihr beiden trotzdem still«, sagt die Lehrerin und verschränkt die Hände vor dem Bauch. Jetzt will sie über ernste Dinge sprechen. »Weiß einer von euch, was das Wichtigste an Weihnachten ist?«,

»Die Geschenke!«, ruft Majken.

»Nein«, sagt die Lehrerin und schiebt ihre Brille weiter hoch.

»Schinken?«, fragt Bertil.

Die Lehrerin schüttelt den Kopf.

»Es sind nicht die Geschenke und nichts, was man isst. Sondern etwas, woran man denken soll.«

Alle schweigen. Wenn es nicht wichtig ist, an Weihnachten an Geschenke und Schinken zu denken, dann wissen sie es auch nicht.

»Man soll an die Menschen denken, denen es nicht so gut geht«, sagt die Lehrerin. »Wir sitzen hier im Warmen, allesamt satt und gesund. Aber es gibt auch Menschen, die krank sind und frieren und die kein Essen haben. Und wenn man jemanden kennt, der einem leidtut, dann soll man versuchen, ihm zu helfen.«

Eva-Kajsa meldet sich.

»Ich weiß jemanden, der einem leidtut«, sagt sie mit erwachsener Stimme.

»Ach ja?«, fragt die Lehrerin.

»Stigge«, sagt Eva-Kajsa. »Weil er keinen Papa hat.«

Zwiebelchen wird es eiskalt. Er will NICHT darüber reden, und er will NICHT, dass jemand Mitleid mit ihm hat! Das ist das Schlimmste, was er sich vorstellen kann – als würde der ganze Körper mit ekligem Schleim vollgeschmiert!

Er schaut sich um. Natürlich wissen längst alle, dass er keinen Papa hat. Aber trotzdem glotzen sie ihn an, wie dumme, stumme Puppen. Elmar und Miguel auch.

Die Lehrerin weiß ja auch, dass Zwiebelchen keinen Papa hat. Aber sie weiß nicht so richtig, was sie jetzt dazu sagen soll. Sie hustet ein bisschen.

»Nein, natürlich«, sagt sie.

Dann will sie, dass alle adventliche Sachen auf schwarzes Papier zeichnen. Die Kinder nehmen ihre Buntstifte und kurz darauf ist es still im Klassenzimmer. Außer dem Kratzen der Stifte ist nichts zu hören.

Aber Zwiebelchen zeichnet nicht. Er sitzt noch immer mit den Händen auf den Knien da. Tief drinnen in seinem Bauch ist es immer noch ganz kalt.

»Warum malst du nicht eine Kerze, Stig?«, sagt die Lehrerin.

Da nimmt Zwiebelchen einen Stift und malt eine hässliche kleine Kerze. Und als die Stunde endlich zu Ende ist, wirft er die Stifte zurück in das Fach unter seiner Bank und steht auf. Elmar hat auch schon zusammengepackt und ist auf dem Weg zur Tür. Er redet mit Miguel und kichert wieder los. Da rennt Zwiebelchen direkt auf Elmar zu und schubst ihn – und Elmar fällt der Länge nach hin und schlägt sich den Ellenbogen an! Er weint, dass die Tränen nur so strömen.

»Aber Stig, wieso hast du das getan?«, ruft die Lehrerin.

Doch Zwiebelchen ist schon aus dem Klassenzimmer verschwunden.

5

Einmal, als Mama sechsundzwanzig war, ist sie nach Stockholm gefahren, um auf ein Musikkonzert zu gehen. Auf diesem Musikkonzert lernte sie einen Mann kennen, den sie nach Hause begleitete. Und danach wurde ihr Bauch immer dicker. Aber den Zettel mit der Telefonnummer des Mannes hatte sie da schon weggeworfen – und deshalb hat Zwiebelchen keinen Papa. Das Einzige, woran Mama sich erinnert, ist, dass der Mann Joppe hieß und in einer langen Straße wohnte.

Als Zwiebelchen aus der Schule kommt, ist Mama gerade mit dem Artikel fertig geworden.

»Die Lehrerin hat angerufen«, sagt sie. »Sie hat mich an das Kostüm für das Luciafest erinnert.«

»Mm«, sagt Zwiebelchen.

»Was willst du sein?«, fragt Mama. »Ein Wichtel?«

Zwiebelchen schüttelt den Kopf, nein, er weiß genau, was er sein will: Sternenjunge! Die Sternenjungen haben nämlich lange weiße Kleider an und das findet Zwiebelchen wunderschön. Fast wie ein Engelsgewand! Und da Zwiebelchen so schön singt wie ein Engel, passt es ja extra gut, wenn er so ein Kleid anhat!

Mama nickt. Sie kaut an ihrem Daumennagel. Dann holt sie ein Laken aus dem Schrank. Sie geht zu einem anderen Schrank und kramt eine alte Schachtel mit Garn und Knöpfen raus. Jetzt wird genäht!

Mama hasst nähen. Die Nähmaschine gehörte Oma, als die noch lebte, sie ist also alt und ziemlich störrisch.

»Die Lehrerin wollte mit mir nicht nur über das Kostüm sprechen«, sagt Mama und fängt an, den Stoff zu schneiden.

»Aha«, murmelt Zwiebelchen.

Mama hört auf zu schneiden und sieht ihn an.

»Warum hast du Elmar geschubst?«

Zwiebelchen will nicht darauf antworten. Er schaut aus dem Fenster und beißt sich auf die Unterlippe.

»Wie viele lange Straßen gibt es in Stockholm?«, fragt er.

»Das hast du mich schon mal gefragt«, sagt Mama und schneidet weiter. »Viele.«

»Ja, aber wie viele?«

»Sehr, sehr viele.« Sie hebt den Blick. »Denk nicht an Stockholm, Zwiebelchen. Dieser Mann … Ich wollte ihn nicht. Ich wollte nur dich.«

Zwiebelchen sagt nichts. Er weiß, dass er nicht an Stockholm denken soll. Dass Mama diesen Mann nicht wollte, hat er schon hundert oder tausend Mal gehört. Aber trotzdem. Trotzdem hat er einen Traum, der in seinem Kopf wohnt, und dieser Traum geht so:

Zwiebelchen hat schicke Sachen an. Seine Brille ist so sauber, dass sie glänzt. Er setzt sich ins Auto und Mama lässt den Motor an. Sie fahren nach Stockholm und steigen an einer langen Straße aus. Als sie ein Stück gegangen sind, begegnen sie einem feinen Mann, dessen Mundwinkel nach oben zeigen. Der Mann bleibt überrascht stehen und sagt: »Warte mal! Bist du nicht mein Junge?« Zwiebelchen zuckt mit den Schultern, aber der Mann schaut sich Zwiebelchens Gesicht ganz gründlich an. Dann sagt er, dass

Zwiebelchen haargenau so aussieht, wie er sich seinen Sohn ausgemalt hat. Ja, denn er geht nämlich oft raus und sucht nach ihm. Und just da erkennt Mama den Mann wieder und sagt: »Joppe! Das bist ja du!«

Dann kommt der Mann mit zu ihnen in das blaue Haus, weil er jetzt natürlich bei ihnen wohnen wird, ist ja klar. Und als Zwiebelchen am nächsten Tag in die Schule kommt, da stellt er sich mitten auf den Hof und schreit: »Und ich habe doch einen Papa, haha, was sagt ihr jetzt?«

Ja, oh, wie gerne würde Zwiebelchen das eines Tages sagen! Dann wären sie still, alle die, denen er leidtut – und dieser Kicherheini Elmar wäre so kleinlaut, dass ihm glatt der Mund offen stehen bliebe!

Mama näht und flucht. Immer wieder springt der Faden raus und sie muss ihn zurück in dieses winzig kleine Nadelöhr fädeln. Aber sie können kein Sternenjungen-Kleid kaufen. Mama bekommt so wenig Geld für ihre Artikel, dass sie sparen müssen.

Draußen wird es immer dunkler. Bald ist es so schwarz, als hätte jemand vor dem Fenster ein Rollo heruntergelassen. Die Dompfaffen im Flieder haben aufgehört zu zwitschern.

Als Zwiebelchen das Kleid endlich anprobieren

kann, zieht er es über und flitzt damit zum Spiegel in der Diele. Erst freut er sich. Er sieht schön aus und die Ärmel sind gleich lang!

Aber dann rümpft er die Nase. Was ist das denn? Die Nähte sind ja grün! Grün wie Gras!

»Da muss doch weißer Faden hin!«, sagt er und dreht sich zu Mama um, die hinter ihm steht. Mama seufzt.

»Fällt das so sehr auf? Wir haben kein weißes Garn mehr.«

»Das sieht man total«, sagt Zwiebelchen. »Kannst du nicht weißes Garn kaufen und es noch mal machen?«

Da sieht Mama plötzlich ganz verschwitzt aus, und Zwiebelchen merkt, dass ihr der Gedanke, alles wieder aufzutrennen und von vorne anzufangen, überhaupt nicht behagt.

»Man sollte sich nicht zu sehr danach richten, wie etwas angeblich zu sein hat«, sagt sie. »Es gibt ganz bestimmt Menschen, die grüne Nähte viel schöner finden.«

Zwiebelchen betrachtet sich selbst im Spiegel. Menschen, die grüne Nähte schöner finden? Er zupft vorsichtig am Ärmel, befühlt die Naht …

Und auf einmal weiß er es! Papa ist genau so ein Mensch! Ja, natürlich, jetzt hat Zwiebelchen eine gute Idee! Er springt zu Mama und nimmt ihre Hände.

»Wenn du und ich irgendwann nach Stockholm fahren, dann ziehe ich das hier an!«, sagt er.

Mama seufzt wieder.

»Stockholm, Stockholm«, brummt sie. Aber sie ist trotzdem froh, dass sie den Auftrenner nicht raussuchen muss.

6

Am Samstag haben sich die Minusgrade weggeschlichen und versteckt. Die Wiese glänzt hellgrün und nass. Kein Frost nagt an den Halmen. Die Dompfaffen zwitschern im kahlen Flieder. Eine Elster hat eine Pfütze zum Baden gefunden.

Zwiebelchen drückt die Nase ans Küchenfenster. Wenn er ausatmet, beschlägt die Scheibe. Das sieht aus wie eine Blume. Die Heizung ist so heiß, dass seine Beine brennen.

»Ist dir etwas eingefallen, das du dir zu Weihnachten wünschst?«, fragt Mama, als sie nach dem Frühstück den Tisch abdeckt. Sie hat ihren rosa Morgenmantel an. »Etwas anderes als ein Fahrrad, meine ich.«

Zwiebelchen kaut auf seiner Unterlippe. Nein, ihm ist nichts anderes eingefallen. Weil das nicht GEHT! Es gibt auf der ganzen Welt nichts anderes, was er haben will.

Er schaut der Elster zu, die mit den Flügeln schlägt und mit Wasser um sich spritzt. Die Fensterscheibe schluckt alle Geräusche. Die Welt da draußen ist wie ein Film ohne Ton.

»Zwiebelchen?«, fragt Mama. »Hast du gehört?«

»Was?«

»Ist dir ein anderer Wunsch eingefallen? Einer, der so ungefähr dreihundert Kronen kostet?«, sagt Mama. »Oder vier«, sagt sie leiser.

»Kennst du Karl?«, fragt Zwiebelchen.

»Lisens Papa?«, fragt Mama und packt den Käse zurück in die Plastikpackung – den Käse, der aussieht wie eine gewellte, verschwitzte Schuhsohle.

»Nein, den anderen Karl«, sagt Zwiebelchen.

Mama schaut ihn an.

»Welchen anderen Karl?«

»Den von Moto-Fix.«

»Ach so, ja, natürlich. Ich hatte den Wagen schon mal zur Reparatur bei ihm.«

»Ich habe mit ihm geredet«, sagt Zwiebelchen.

»Ach ja? Wie schön.«

Zwiebelchen zögert. Er hatte nicht damit gerechnet, dass Mama so reagieren würde. Eigentlich hatte er nicht mal vorgehabt, ihr zu erzählen, dass er bei Karl war. Aber eben musste er plötzlich an das Huhn denken, das Karl auf dem Arm hatte. Es war so klein, kaum größer als diese muntere, planschende Elster. Er dreht sich zu Mama um.

»Wusstest du, dass er ein komischer Vogel ist?«, fragt er.

Da wird Mamas Gesicht ganz rot.

»So was darf man nicht sagen, Zwiebelchen!«

»Alle sagen das.«

»Aha«, sagt Mama und wirft einen leeren Milchkarton weg. Der Morgenmantel flattert um ihre dünnen Beine. »Mir ist egal, was andere sagen.«

Zwiebelchen sagt nichts mehr. Er schaut nur noch der Elster zu. Dann geht er nach oben und verkrümelt sich in sein Zimmer. Dort zieht er den Schlafanzug mit den grünen Hunden aus und Hose, Pulli und Strümpfe an.

Als er wieder runterkommt, steckt er die Füße in seine Stiefel.

»Ich geh ein bisschen raus«, sagt er.

»Ich kann dich zu Jim fahren, wenn du magst«, sagt Mama.

»Vielleicht später.«

»Vergiss das mit dem Weihnachtsgeschenk nicht!«, ruft Mama gerade, als er vor die Tür tritt. »Sonst schaffe ich es nicht mehr rechtzeitig in die Stadt!«

Die Tür fällt knallend zu. Mit einem Satz hüpft Zwiebelchen die alte Steintreppe runter. Erschrocken fliegt die Elster auf, aber das ist Zwiebelchen egal, jetzt gibt es Wichtigeres.

Soso, Mama findet es also schön, dass er sich mit Karl von Moto-Fix unterhalten hat? Mal sehen, wie lustig sie es erst findet, wenn Karl in die Küche stürmt, mit der ganzen Hand auf sie zeigt und schreit: »KAUF EIN FAHRRAD!«

Ja, denn Zwiebelchen hat beschlossen, zurückzugehen und Karl zu fragen. Und wenn er in den zugemüllten Garten kommt, wird er keine Angst haben und es sich auch nicht anders überlegen, denn jetzt hat er keine Zeit mehr zu verlieren! Jeden Moment kann Mama sich ins Auto setzen und in die Stadt tuckern, und wehe, wenn sie dann mit einem dummen, alten Legokarton nach Hause kommt!

Zwiebelchen marschiert so schnell und entschlossen wie noch nie in seinem Leben. Er stapft über den knirschenden Kies vor Moto-Fix, die Treppe hoch und klopft an die Tür.

Und als Karl nicht sofort öffnet, klopft er noch mal.

Es dauert fünf Sekunden oder so, dann macht Karl die Tür auf.

»Ja?«, fragt er.

»Stimmt es, dass du Hühner hypnotisieren kannst?«, fragt Zwiebelchen ganz ohne Zittern in der Stimme.

Karl zieht die Augenbrauen hoch. Er hat Brotkrümel auf der Hemdenbrust.

»Nein«, sagt er.

7

Unter Karls Vordach hängt ein ölverschmierter Overall an einem Nagel. Hinter der Tür ist es dunkel, ein paar Schuhe liegen auf dem Boden rum. Man kann die Treppe sehen, die nach oben führt, wo Karl wohnt.

Karl zieht seine Jacke an, weil er gerade ins Hühnerhaus rübergehen wollte.

Während er einen Knopf nach dem anderen zumacht, überlegt Zwiebelchen fieberhaft, was er sagen könnte.

»Vielleicht fragst du dich, warum ich gedacht habe, du könntest Hühner hypnotisieren?«, murmelt er.

Karl zuckt mit den Schultern, ohne Zwiebelchen anzusehen.

»Jemand in der Schule hat das mal irgendwo gehört«, sagt Zwiebelchen. »Aber ich weiß nicht, wer.«

»Soso«, brummt Karl.

Zwiebelchen versucht herauszufinden, ob Karl sauer ist. Vielleicht findet er, dass das, was Zwiebelchen eben erzählt hat, nur dummes Gerede ist? Vielleicht weiß er sogar, dass die Kinder in der Schule ihn als komischen Vogel bezeichnen?

Aber trotzdem! Auch wenn er NICHT hypnotisieren kann – irgendein Geheimnis muss er doch haben?

»Wie schaffst du es, einfach so ein Huhn hochzuheben?«, fragt Zwiebelchen.

»Was?«, fragt Karl, während er gleichzeitig einen Fuß in den Stiefel steckt.

»Wie kannst du einfach so ein Huhn hochheben, ohne dass es Angst bekommt?«, fragt Zwiebelchen.

Karl zieht den zweiten Stiefel an.

»Das ist kein Kunststück«, sagt er. »Das können andere auch. Es kommt nur darauf an, dass das Huhn einem vertraut.«

Er richtet sich auf.

»Willst du es auch mal versuchen?«

Zwiebelchens Augen werden groß.

»Na ja, ich weiß nicht …«, sagt er.

Karl stapft durch den grünen Dezembergarten. Er sieht aus wie eine seltsam wackelnde Maschine. Seine Jacke ist groß und unförmig. Nach einer Weile dreht er sich um.

»Na los, komm«, sagt er. »Ich dachte, du magst Hühner.«

»Mm«, murmelt Zwiebelchen.

Ja, er hat gesagt, dass er Hühner mag, aber das war ja nur, weil er sich schnell etwas Schlaues einfallen lassen musste. Eigentlich weiß er gar nicht, ob es stimmt. Aber er geht trotzdem mit – denn sonst ist Karl vielleicht enttäuscht? Womöglich wird er dann jedes Mal, wenn Zwiebelchen am Zaun von Moto-Fix vorbeigeht, mit Tränen in den Augen dastehen und jammern: »Jetzt weiß ich, dass du gelogen hast!«

Karl macht das Hühnerhaus auf. Sofort hopsen ein paar muntere Hühner über die Schwelle. Die Kämme wackeln auf ihren Köpfen. Ihre Augen blinzeln.

Karl geht in die Hocke. Er greift nach einem braunen Huhn und nimmt es hoch.

»Komm her, dann kannst du es versuchen«, sagt er.

Vorsichtig geht Zwiebelchen näher. Was, wenn er es wirklich schafft? Was, wenn es genauso einfach ist, wie es aussieht? Und wie Mama wohl staunen würde, wenn er mit vier, fünf Hühnern auf dem Arm nach Hause käme! »Schau, was ich kann!«, würde er dann sagen.

Er streckt die Hände nach dem Huhn aus. Es hält mucksmäuschenstill. Schaut Zwiebelchen nicht mal an. Aber es weiß, dass er da ist, denn gerade als er es nehmen will, flattert es blitzschnell hoch in die Luft! Zwiebelchen zuckt zusammen und macht einen Schritt zurück.

Der Hahn schaut ihn streng an. Er ist am gefährlichsten, das weiß Zwiebelchen. Er hat hier das Sagen und sein Schnabel ist scharf. Zwiebelchen schaut Karl an.

»Hm, ich mag Hühner«, sagt er. »Aber ich hebe sie nicht so gerne hoch.«

Karl nickt. Er denkt nach.

»Vielleicht magst du mir beim Füttern helfen?«, fragt er.

Zwiebelchens Gesicht hellt sich auf.

»Ja!«, sagt er und begleitet Karl ins Hühnerhaus.

Die Futtersäcke stehen in einem großen grünen Schrank. Zwiebelchen füllt eine Schaufel voll und geht wieder nach draußen. Die Hühner wuseln laut gackernd um seine Füße herum. Als er das Futter auf den Boden schleudert, fangen alle an, so viel aufzupicken, wie sie können, und der Hahn rennt hierhin und dorthin, um sich die besten Stücke zu schnappen. Zwiebelchen steht mitten in dem pickenden Haufen – und jetzt fühlt es sich überhaupt nicht mehr gefährlich an! Die Hühner beachten ihn gar nicht.

Als alles aufgefressen ist, wird es ruhiger. Die Hühner scharren weiter in der harten, festgetretenen Erde, manche machen sich auf die Suche nach braunen Äpfeln.

Karl hinkt ins Hühnerhaus und fängt an, sauber zu machen. Zwiebelchen bleibt alleine bei den kakelnden Federkugeln.

Da ist das kleine graue Hühnchen! Das so fein schreitet wie eine Ballerina und Augen hat wie schwarze Perlen!

Zwiebelchen kaut auf der Unterlippe. Dieses kleine … Vielleicht kann er es doch hochheben? Ja, er ist sich fast sicher!

Er legt die Schaufel auf den Boden und kommt vorsichtig näher. Das kleine Huhn schaut ihn an und blinzelt ein bisschen. Es scheint keine Angst zu haben. Vielleicht hat es gemerkt, dass Zwiebelchen freundlich ist?

Langsam beugt er sich nach unten und streckt die Hände aus. Langsam, ganz langsam …

Da schreit jemand! Schreit und gackert wie ein Verrückter, es ist der Hahn! Er kommt angerannt, so schnell seine gelben Beine ihn tragen – und in Nullkommanichts hat er Zwiebelchen verjagt! Das graue Hühnchen flitzt erschrocken davon und versteckt sich hinter den Johannisbeerbüschen.

Zwiebelchen spürt sein Herz klopfen. Seine Hände zittern. Als er sich umdreht, steht Karl hinter ihm. Er lächelt.

»Man muss es ein paar Mal probieren, bis es klappt«, sagt er.

8

Irgendetwas hat Karl an sich, dass man ihn sofort noch mal besuchen will. Und dann noch mal und noch mal. Zwiebelchen hat beschlossen, dass er ein Huhn hochheben will, aber das ist nicht alles, da ist noch etwas anderes. Karl weiß so viel, es macht Spaß, ihm zuzuhören, wenn er Sachen erzählt.

Über diese Sachen weiß Karl am meisten:

Hühner.

Autos.

Beine, die zu kurz sind.

Über Hühner weiß er zum Beispiel, dass man sie nicht hypnotisieren kann, weil es Hypnose nicht gibt. Hypnose ist genauso Humbug wie Glaskugeln und Regentanz. An so etwas glaubt Karl nicht. Er glaubt nur an richtige Sachen. Herzinfarkte sind richtige Sachen und die können auch Hühner kriegen. Deshalb lag die arme Henne neulich morgens tot im Stall, als Karl kam – und deshalb liegt sie jetzt auf dem Müllhaufen und stinkt.

Über Autos weiß er alles. Er kann jede Menge Dinge reparieren, vor allem Anlasser und Generatoren. Und er kann Roststellen wegschleifen und neuen Lack darübermalen oder einen verbogenen Auspuff gerade biegen.

Über Beine, die zu kurz sind, weiß er, dass sie nicht wehtun, aber dass man damit ziemlich schlecht rennen kann. Deshalb ist es gut für Karl, dass Zwiebelchen zu Besuch kommt – denn wenn eins der Hühner in den Wald läuft, kann Zwiebelchen hinterherflitzen und es nach Hause treiben.

Aber mit dem Hochnehmen läuft es nicht gut. Die Hühner wollen nicht, und sobald Zwiebelchen es versucht, schaut der Hahn ihn streng an. »Keine kleine Zwiebel hebt meine Hennen hoch!«, kakelt er dann und stellt sich auf die Zehenspitzen.

Der Hahn heißt Hekto.

Das kommt, weil er an dem Tag, an dem Karl ihm einen Namen geben wollte, ein Hektogramm wog.

Das sind haargenau 100 Gramm. Inzwischen wiegt er aber viel mehr.

Diese kleine graue Henne, die so vornehm schreitet wie eine Ballerina, heißt Maja. Irgendwie weiß Zwiebelchen, dass sie das Huhn ist, das er eines Tages hochheben wird. Ja, er spürt genau, dass Maja ihn mag, dass sie von Zwiebelchen hochgenommen werden möchte!

Eines Nachmittags sitzt Zwiebelchen auf der Bank vor dem Hühnerhaus und lässt die Beine baumeln. Karl ist in der Werkstatt.

Es hat immer noch nicht geschneit, die Hühner und der Hahn spazieren durch den Matsch. Zwiebelchen unterhält sich mit ihnen und sagt ihnen, wenn sie zu weit weg gehen. Aber es ist schwierig, alle gleichzeitig im Auge zu behalten – und auf einmal hört er tatsächlich ein Gackern hinter den Johannisbeersträuchern. Es ist Maja. Sie ist auf dem Weg in den Wald! Zwiebelchen springt auf und rennt ihr hinterher.

Es macht Spaß, Maja nachzulaufen.

Zwiebelchen ist flink wie ein Äffchen. Er hüpft zwischen Steinen, Baumstümpfen und Fichten herum, die der Wind umgeworfen hat.

Dort, wo keine Rinde mehr ist, rutschen seine Füße auf dem glitschigen Holz. Der Wald schweigt.

Maja weiß, dass Zwiebelchen hinter ihr ist. Zwischendurch dreht sie sich um und schaut ihn an – dann flitzt sie weiter. Sie will wohl testen, wie lange er Lust hat, sie zu begleiten, bevor er sie wieder nach Hause scheucht.

Aber schwups, da bleibt sie stehen!

Zwiebelchen geht näher heran. Maja rührt sich nicht, sie wartet einfach. Da kapiert Zwiebelchen, was sie will! Maja hat ihn in den Wald gelockt, damit er sie hochheben kann! Sie wollte natürlich, dass sie ihre Ruhe vor dem dummen Hahn haben!

Zwiebelchen geht noch ein bisschen näher heran. Er streckt die Hände nach dem kleinen grauen, schlanken Körper aus – da entdeckt er etwas Rotes im Moos. Etwas, das einen Sattel aus Plastik und zwei kleine weiße Stützräder hat. Ein Fahrrad.

Ist das nicht merkwürdig?

Zwiebelchen reckt den Hals. Dort hinter den Bäumen steht ein Haus. Von hier aus sieht man ein kleines Stück der Zufahrt und jede Menge Schrott. Rollen mit Schafnetz, Stangen, Autoreifen und eine alte Egge. Aber das Fahrrad scheint nicht dazuzugehören. Es steht ganz für sich alleine und es hat genau die richtige Größe für Zwiebelchen!

Die Reifen sind weich, die müssen aufgepumpt werden. Er untersucht das Schloss. Es ist rostig und schwach. Ob es ihm gelingen könnte, das Schloss aufzumachen? Dann könnte das Fahrrad vielleicht ihm gehören?

Maja gackert. »Jetzt hast du deine Chance verpasst«, sagt sie wahrscheinlich, denn im nächsten Augenblick dreht sie sich um und flitzt weiter. Sie ist schnell und schon ist sie zwischen den Zweigen kaum noch zu sehen.

Zwiebelchen denkt nach. Wenn er das Fahrrad jetzt hierlässt, dann findet er es vielleicht nicht wieder. Oder jemand anderes findet es und nimmt es mit! Aber nicht mehr lange, dann ist Maja ganz verschwunden und wird womöglich vom Fuchs gefressen.

Es ist nicht schwer, sich zu entscheiden. Zwiebelchen steht auf und rennt der kleinen Henne nach. Rasch hat er sie eingeholt. Er scheucht sie durch das weiche Moos nach Hause, und wo das Fahrrad steht, hat er schon vergessen. Aber das macht nichts. Plötzlich sind Hühner ihm viel wichtiger als Fahrräder.

9

Jetzt weiß Zwiebelchen, worüber Elmar und Miguel letzte Woche gekichert haben. Es ging gar nicht um Zwiebelchen. Sie hatten sich lustige Namen für sich selbst ausgedacht: Pupskönig und Klo-Steen. Jedes Mal, wenn sie »Hallo, Pupskönig!« oder »Hallo, Klo-Steen!« flüsterten, war es so lustig, dass sie schrecklich kichern mussten. Dann erzählten sie die Namen Tore und Tore erzählte sie Bertil. Und schließlich bekam auch Zwiebelchen sie zu hören.

Elmar hat vier Mal gesagt, dass Zwiebelchen sich bei ihm entschuldigen soll, weil er ihn geschubst hat. Sein Ellenbogen ist immer noch blau. Aber Zwiebelchen will nicht. Nein, er weiß noch genau, wie Elmar ihn angeschaut hat, als sie sich an der Diesel-Tankstelle begegnet sind. Eingebildet! Alles an Elmar ist eingebildet!

Heute ist es wieder kälter.

Jim und Zwiebelchen hüpfen in der Pause in die Wasserpfützen, auf denen sich eine dünne Eishaut gebildet hat. Aber es scheint überhaupt nicht schneien zu wollen. Vielleicht gibt es gar keinen Schnee mehr? Werden die gepflügten Äcker hinter der Schule den ganzen Winter lang braun und bröckelig bleiben?

Zwiebelchen saugt an seinen nassen Wollhandschuhen. Es dauert noch lange, bis es zum Unterricht läutet.

Da drüben laufen Pupskönig und Klo-Steen. Sie reden miteinander und schauen zu Zwiebelchen. Sie bleiben stehen und reden noch mehr. Dann kommen sie näher.

»Jetzt musst du dich entschuldigen«, sagt Elmar. Seine Nase ist rund wie eine Kartoffel und er hat dicke Haare.

»Nein«, sagt Zwiebelchen.

»Doch«, sagt Elmar.

»Ich will nicht.«

»Wenn man jemanden schubst, muss man sich entschuldigen«, sagt Elmar. »Das hat die Lehrerin gesagt.«

Andere Kinder kommen näher, um mitzuhören: Tore und Bertil und Eva-Kajsa. Zwiebelchen presst die Lippen aufeinander, er schaut in eine andere Richtung.

»Nein«, sagt er.

Elmar zögert. Seine Augen werden schmal. Er sieht fast so aus, als würde er gleich sauer werden. Aber dann geht er weg. Nach ein paar Metern dreht er sich um und sagt:

»Geschieht dir recht, dass du keinen Papa hast.«

Da ist es, als würde Zwiebelchens Kopf anfangen zu kochen. Seine Stirn brennt, seine Wangen brennen, seine Ohren brennen. Wütend rast er hinter Elmar her und knufft ihn, so fest er kann. Elmar fällt hin, mit dem Gesicht voraus! Für zwei Sekunden holt er Luft. Dann brüllt er. Brüllt und brüllt, sein Mund ist verzogen und nass, Tränen schießen nur so seine Wangen herunter.

Die Kinder, die sich um sie versammelt haben, sagen nichts. Sie glotzen nur, ihre Gesichter sind weiß wie Papier. Und es dauert nicht lange, da verwandelt sich das Traurige in Elmars Augen in Zorn. Sein

Gesicht zieht sich zusammen. Er springt auf, packt Zwiebelchen an der Jacke, versucht, ihn auf den Boden zu werfen. Zwiebelchen fuchtelt mit den Armen, er will ihn verprügeln, verprügeln, verprügeln!

Da kommt Hanna angerannt. Sie ist Eva-Kajsas große Schwester und geht in die Fünfte.

»Hört auf zu streiten!«, sagt sie.

Aber Elmar und Zwiebelchen hören nicht auf, sie schlagen nur noch fester zu. Schnodder spritzt aus ihren Nasen und die Fäuste zischen durch die Luft. Da stellt sich Hanna zwischen die beiden und hält sie fest.

»Hört auf zu streiten, sonst sage ich es eurer Lehrerin!«, schimpft sie – und da hören die beiden endlich auf. Zwiebelchen setzt seine Brille ab und fährt sich mit dem Jackenärmel übers Gesicht, er will nicht weinen, aber er kann nichts dagegen tun!

Hanna schaut die beiden streng an.

»Wer von euch hat angefangen?«, fragt sie.

»Das war Elmar!«, sagt Eva-Kajsa. »Er hat was Gemeines zu Stigge gesagt.«

»Was denn?«, fragt Hanna.

»Dass es Stigge recht geschieht, dass er keinen Papa hat.«

Hanna dreht sich zu Elmar um.

»Dann musst du dich entschuldigen«, sagt sie.

»Niemals!«, faucht Elmar. Er windet sich aus Hannas Griff und läuft zornig weg. Der Kies spritzt unter seinen Füßen hoch. »Ich werde mich niemals entschuldigen, weil es ihm RECHT geschieht! Stigge ist doof.«

Kurz darauf ist er hinter der Ecke des Schulgebäudes verschwunden.

Alle schauen Zwiebelchen an, der dasteht und weint. Jim, Miguel, Tore, Bertil und Eva-Kajsa. Hanna auch. Ihre Augen sind groß und rund, ein bisschen traurig. Zwiebelchen weiß genau, was solche Augen bedeuten – er tut ihr leid. Hanna legt eine Hand auf seine Schulter.

»Sei nicht traurig«, sagt sie. »Kümmer dich gar nicht um das, was er gesagt hat.«

Da passiert etwas Seltsames. Zwiebelchen weiß nicht, wie, aber er schafft es nicht mehr zu denken. Er duckt sich unter Hannas Hand weg, sein Mund fliegt auf und heraus kommen die Worte:

»Ich bin nicht traurig! Weil ich nämlich einen Papa HABE!«

Mit einem Mal sehen alle ganz verwundert aus.

»Hast du?«, fragt Eva-Kajsa.

»Ja, habe ich!«, sagt Zwiebelchen. »Haha, was sagt ihr jetzt?«

»Wer ist es denn?«, fragt Eva-Kajsa.

Zwiebelchen schluckt. Er weiß nicht, was er antworten soll. Also, eines Tages wird er natürlich diesen Mann in Stockholm treffen, aber die anderen finden womöglich, dass das nicht gilt? Vielleicht finden sie, dass man sich kennen muss, damit es zählt?

»Sag ich nicht«, murmelt er.

»Warum nicht?«, fragt Hanna.

»Weil ... er geheim ist«, sagt Zwiebelchen und versucht, den Tropfen hochzuziehen, der an seiner Nasenspitze hängt.

Hanna runzelt die Stirn.

»Geheim? Wieso geheim?«

Zwiebelchen schnieft und schnieft, aber der Tropfen ist immer noch da.

»Vergiss es«, sagt er. »Vergesst es, alle zusammen!«

Dann macht er auf dem Absatz kehrt und rennt weg.

10

Als Zwiebelchen nach der Schule vorbeikommt, steht Karl in der Werkstatt. Er macht den letzten Rest an Gundersons Pick-up fertig, den Gunderson gleich abholen will.

»Hallo«, sagt er fröhlich.

»Hallo«, antwortet Zwiebelchen ziemlich still.

Karl kapiert sofort, dass irgendwas nicht stimmt.

»Was ist denn los?«, fragt er.

Aber Zwiebelchen will nicht darüber sprechen.

»Nichts«, sagt er nur.

Da fragt Karl nicht weiter. Er wischt sich die ölverschmierten Hände an einem Lappen ab und kommt aus der Werkstatt. Die Hühner haben Hunger.

Zwiebelchen begleitet ihn in den Garten. Als Karl

ins Hühnerhaus geht, um das Futter zu holen, wartet Zwiebelchen draußen. Diese Worte, die Elmar gesagt hat. Sie klingeln in seinen Ohren. Die Tränen liegen wie ein Kloß in seinem Magen. Aber sie dürfen nicht rauskommen! Zwiebelchen beißt die Zähne zusammen, so fest er kann.

Da sieht er Maja. Oh, wenn Zwiebelchen sie doch hochheben könnte! Nur für einen winzig kleinen Moment! Das ist doch wohl nicht zu viel verlangt an einem so SCHLIMMEN Tag wie heute!

Maja gackert und redet mit sich selbst. Sie hat nicht mal bemerkt, dass Zwiebelchen gekommen ist.

»Maja«, sagt er.

Maja schaut ihn kurz an. Dann spaziert sie weiter, mit dem Schnabel am Boden.

»Komm, Maja«, sagt Zwiebelchen, aber Maja läuft weg.

»Bitte!«, ruft Zwiebelchen und rennt hinterher. »Bitte, bleib stehen!«

Sie bleibt nicht stehen. Sie flattert mit den Flügeln und versteckt sich im kahlen Johannisbeergestrüpp. Sie wirft Zwiebelchen einen bösen Blick zu, dann kehrt sie ihm den Hintern zu, ohne ihn noch weiter zu beachten.

Und da kommen die Tränen doch, obwohl er die Zähne so fest zusammenpresst. Sie nehmen den Weg durch die Augen. Stumm kullern sie seine Wangen herunter.

Gerade da kommt Karl zurück. Er hat die Schaufel mit Futter in der Hand. Als er die Tränen sieht, wirft er den Hühnern das Futter hin und setzt sich auf die Bank vor dem Holzschuppen.

»Magst du nicht ein bisschen zu mir kommen?«, fragt er.

Zwiebelchen zögert einen Moment. Dann setzt er sich neben Karl.

»War jemand gemein zu dir?«, fragt Karl.

Zwiebelchen nickt. Der Schnodder hat die Nase schon wieder verstopft. Er muss schluchzen.

»Hast du dich geprügelt?«, fragt Karl.

Zwiebelchen nickt wieder.

»Ja«, sagt er kleinlaut. »Mit Elmar.«

»Und wieso habt ihr euch geprügelt?«

Zwiebelchen muss oft schlucken, bis er es sagen kann.

Aber jetzt ist seine Stimme nicht mehr kleinlaut – sie ist dunkel und flüsternd, wie der Wind, wenn man ihn tief im Wald hört.

»Er hat gesagt, es geschieht mir recht, dass ich keinen Papa habe.«

Karl schaut ihn lange an. Zwiebelchen kann nicht sehen, was er denkt. Nach einer Weile blickt er stattdessen auf seine Stiefel.

»Dann verstehe ich, dass du traurig bist«, sagt Karl. Er tätschelt Zwiebelchen den Rücken. Das ist schön. Karls Hand ist groß. Größer als Mamas.

»Du weißt bestimmt, dass man immer versuchen sollte, sich nicht zu schlagen?«, fragt Karl. »Dass es besser ist, wegzugehen, wenn jemand so etwas Dummes zu einem sagt?«

Zwiebelchen zieht seine Handschuhe aus und wischt sich die Wangen ab. Das Atmen geht wieder leichter.

»Ja«, sagt er leise. Er kaut auf der Unterlippe. Auf den Lippen ist ein bisschen Schnodder. »Hast du dich in der Schule nie geprügelt?«, fragt er.

Karl lächelt und sagt, dass er sich so oft geprügelt hat, wie es nur ging. Weil sein Bein schon immer zu kurz war und es viele gab, die ihn deswegen geärgert haben. Doch ganz gleich, wie sehr er sich geprügelt hatte: Es wurde nicht besser und das Bein wurde davon auch nicht länger.

»Aber als ich zehn war, habe ich mein erstes Huhn bekommen, und von da an ging es bergauf«, sagt er. »Hühner ärgern einen nicht. Sie sind eine gute Gesellschaft.«

Sie schweigen eine Weile. Der Apfelbaum schwankt sacht im Wind. Dann ruft jemand aus der Werkstatt herüber. Es ist Gunderson. Er will seinen Pick-up haben.

»Ich komme gleich wieder«, sagt Karl und steht auf. Er wackelt durch den Garten und verschwindet um die Ecke.

Zwiebelchen seufzt. Er findet auch, dass Hühner eine gute Gesellschaft sind. Aber die Hühner finden ihn kein bisschen gut und Maja würdigt ihn keines Blickes!

Da hört er ein leises Kakeln an seinen Füßen. Es ist Hekto. Der Hahn schaut ihn mit seinen kleinen gelben Augen durchdringend an, aber Zwiebelchen kann nicht erkennen, was er will. Zumindest ist er nicht böse. Er steht einfach nur da und guckt und Zwiebelchen guckt zurück.

Dann beugt er sich vorsichtig runter und hebt Hekto hoch.

Der Hahn kuschelt sich in seinem Arm zurecht.

Er schaut zu den Hühnern, als wollte er sagen: Daran ist absolut nichts merkwürdig! Und die kleine Maja – sie steht im Matsch und sieht dumm aus.

Karl ist fertig mit Gunderson und kommt ziemlich rasch zurück. Vielleicht hat er Sorge, dass Zwiebelchen wieder weint. Aber am Apfelbaum bleibt er stehen und guckt erstaunt. Und er sieht, dass Zwiebelchen lächelt.

Zwiebelchen streichelt den glänzenden Hahnenrücken. In seiner Brust, die vom vielen Weinen noch ganz wund ist, fliegt sein Herz herum wie ein eben aufgewachter Winterschmetterling. Ja, stell dir vor, dass dieser Tag, der so schlimm war, am Ende so schön geworden ist. Stell dir vor, dass dieser Tag der Tag geworden ist, an dem Zwiebelchen Hekto hochgenommen hat!

11

Jetzt kann Zwiebelchen Hühner hochnehmen! Zumindest den Hahn – und wie man weiß, kann der Umgang mit Hähnen ziemlich schwierig sein. Karl sagt, dass Zwiebelchen ein wahrer Tierfreund ist, genau wie er selbst, und das gefällt Zwiebelchen. Er WILL so sein wie Karl.

Später an diesem Tag hören sie, wie ein Auto über den Kies vor die Werkstatt fährt. Karl geht hin, um zu sehen, was dieses Mal repariert werden muss, und Zwiebelchen begleitet ihn.

Das Auto, das vor der Garage stehen geblieben ist, ist rot und hat kleine Scheinwerfer.

»Genau so eins haben wir auch!«, sagt Zwiebelchen. Aber im nächsten Augenblick erkennt er, dass es ihr Auto IST, denn hinter dem Steuer sitzt Mama und macht den Motor aus. Dann steigt sie aus dem uralten Jetta.

»Ich dachte mir, dass du hier bist!«, ruft sie und sieht froh aus.

Ja, Mama sieht immer froh aus, wenn Zwiebelchen nach Hause kommt und erzählt, dass er bei Karl war. Fast jeden Tag muss sie Hühnermist von seinen Thermohosen schrubben, aber das macht ihr bestimmt nichts aus.

Mama hat geduscht. Ihre Haare fallen in nassen, dünnen Strähnen über die Schultern des Mantels.

»Ich fahre schnell in die Stadt«, sagt sie. »Deshalb wollte ich dich noch fragen, was du dir zu Weihnachten wünschst.«

»Mama, weißt du was? Ich habe heute Hekto hochgenommen!«, sagt Zwiebelchen und stürmt in ihre Arme.

»Was?«, fragt Mama.

»Hekto ist der Hahn. Ich habe ihn hochgenommen!«

»Das kann ich gar nicht glauben!«

»Doch, doch«, sagt Karl. »Das hat er. Ganz ohne Hilfe, ich war nicht mal dabei.«

Dann erzählt er, was Zwiebelchen alles kann: die Hühner füttern und sie aus dem Wald nach Hause scheuchen, die Sitzstangen sauber machen, Eier sammeln – eine Menge Sachen! Mama nickt und sagt Sachen wie »ui« und »nein, so was«. Zwiebelchen steht still daneben und hört zu. Ein Gefühl, so herrlich wie heiße Schokolade, schwappt durch seinen Körper.

Drinnen in der Werkstatt klingelt es. Karl verschwindet durch die offene Garagentür, um ans Telefon zu gehen. Der Hörer hängt in einer Gabel an der Wand.

Während er redet, geht Mama vor Zwiebelchen in die Hocke. Ihr Mantel streift über den Boden. Ihre Augen glänzen. Vor Freude oder weil sie traurig ist? Vielleicht beides?

»Die Lehrerin hat wieder angerufen«, sagt sie. »Jemand aus der Klasse hat ihr erzählt, dass ihr euch geprügelt habt, Elmar und du.«

Zwiebelchen seufzt. Muss Mama ausgerechnet jetzt davon anfangen? Sie haben doch gerade davon gesprochen, wie gut Zwiebelchen alles Mögliche kann!

Mama drückt seine Hand.

»Deine Lehrerin hat mir auch erzählt, was Elmar

gesagt hat«, sagt sie, und dann sagt sie lange nichts mehr. Jetzt schwimmen ihre Augen. Aber sie spricht nicht mehr von Elmar. Sie drückt Zwiebelchens Hand nur noch fester und lächelt.

»Ich bin so froh, dass du so viel Spaß mit Karl hast«, sagt sie.

»Mm«, sagt Zwiebelchen.

Karl ist fertig mit Telefonieren. Jemand wollte wissen, wie teuer es ist, ein rostiges Bremsrohr zu reparieren.

Mama steht auf.

»Oh ja, so ein Auto ist eine teure Angelegenheit«, sagt sie und seufzt. »Ich hätte schon längst eine neue Batterie für den Jetta besorgen müssen. Ohne Beten springt er gar nicht mehr an.«

Karl lacht.

Mama streicht Zwiebelchen über die Wange.

»Ein Fahrrad geht nicht, das weißt du, oder?«, sagt sie.

»Ja, ja«, antwortet Zwiebelchen unbekümmert – weil er gerade nur eine Sache im Kopf hat. Er zieht Mama an der Hand. »Willst du mal sehen, wie ich Hekto hochnehme?«

Aber Mama lässt sich nicht mitziehen.

»Ein andermal, Zwiebelchen. Ich muss jetzt los, sonst wird es so spät.« Sie dreht sich zu Karl. »Man weiß ja nie, wie lange man auf dem Parkplatz festsitzt – mit gefalteten Händen ...«

Karl lacht wieder.

»Ja, genau.«

»Na?«, fragt Mama und schaut Zwiebelchen an. »Was wünschst du dir zu Weihnachten?«

Da steckt Zwiebelchen den Zeigefinger in den Mund und denkt nach. Lego vielleicht? Ja, er wünscht sich Lego, weil er Lego wirklich mag!

Mama findet, Lego klingt genau richtig. Man muss ja nicht die größte Packung aussuchen. Sie setzt sich ins Auto.

»Bist du sicher, dass Zwiebelchen hierbleiben kann, solange ich weg bin?«, fragt sie.

»Na klaaar«, sagt Karl.

Mama zieht die Tür zu, lässt den hustenden Motor an und fährt langsam rückwärts. Karl geht ein Stück nebenher, damit sie nicht in die Mülltonnen kracht, und gerade als Mama das Lenkrad eingeschlagen hat, um auf die Straße abzubiegen, kurbelt sie die Scheibe runter. Sie sagt etwas zu Karl. Karl schaut Zwiebelchen an und nickt. Dann lächelt er.

Mama braust los und Karl wackelt zurück.

»Was hat sie zu dir gesagt?«, fragt Zwiebelchen.

»Was?«, fragt Karl. »Ach so, nein, sie hat mich nur gefragt, wie teuer eine neue Batterie ist.«

12

Am Tag vor dem Luciafest üben die Kinder fast den ganzen Vormittag lang das Lied, das sie in der Kirche für die Eltern singen werden. »Tip-tap, tip-tap, tippe-tippe, tip-tap!«, grölen sie und tippen hierhin und dahin und in alle möglichen Richtungen. Die Lehrerin greift ein und sorgt dafür, dass alle da ankommen, wo sie ankommen sollen. Zwiebelchen singt, so laut er kann. Oh, wie schön das klingt!

Elmar hat gesagt, dass er nie wieder mit Zwiebelchen redet. Zwiebelchen hat gesagt, dass er nie wieder mit Elmar redet. Deshalb ist es gut, dass Elmar Wichtel ist und Zwiebelchen ein Sternenjunge, denn Wichtel und Sternenjungen stehen weit auseinander.

Jim, Tore und Bertil sind auch Sternenjungen. Jeder von ihnen hält einen Stern in der Hand. Sie haben sie selbst gebastelt. Erst nimmt man feste Pappe und schneidet zwei Sterne aus. Dann klebt man sie zusammen, aber an einer Stelle lässt man den Kleber weg, da soll nämlich ein Schlitz bleiben. Und wenn der Kleber getrocknet ist, steckt man einen Blumenstab in den Schlitz, und dann ist der Stern fertig! Man kann ihn anmalen, wie man will, aber Gelb ist am besten. Gelb ist wie Gold.

»Aber Bertil, was hast du denn mit deinem Stern gemacht?«, fragt die Lehrerin plötzlich.

»Nichts, er war plötzlich einfach so«, sagt Bertil und sieht traurig aus.

Die Lehrerin nimmt ihm den Stern ab. Der Stab ist in zwei Teile gebrochen. Sie seufzt und sucht im Bastelschrank nach einem neuen Blumenstab, aber es gibt keinen mehr.

»Ich gehe in den anderen Klassen nachfragen«, sagt sie. »Ich bin gleich wieder da.«

Als die Tür hinter der Lehrerin zufällt, werden alle ganz kribbelig und quasselig. Sie reden von nichts anderem als von Lucia, Lucia, Lucia – morgen ist es schon so weit! Aber dann tippt Tore Zwiebelchen mit dem Finger auf die Schulter.

»Stimmt es, dass du einen geheimen Papa hast?«, fragt er.

Alle, die um sie herumstehen, schauen Zwiebelchen neugierig an.

Jim auch. Denn obwohl er Zwiebelchens bester Freund ist, hat er ja noch nie von einem geheimen Vater gehört. Er hat nur dasselbe gehört wie alle anderen auch: dass Zwiebelchen überhaupt keinen Papa hat.

»Ja«, sagt Zwiebelchen.

Tores Augen werden rund.

»Wieso kannst du nicht sagen, wer es ist?«, fragt er.

»Weil ich nicht will«, sagt Zwiebelchen.

»Ja, aber warum?«, fragt Bertil.

Zwiebelchen kaut nachdenklich auf seiner Unterlippe.

»Ich erzähle es nur Jim«, sagt er.

Dann zieht er Jim ein Stück von den anderen weg und hält den Mund dicht an sein Ohr. Alle recken die Hälse. Man glaubt fast zu sehen, wie ihre Augen groß werden wie Suppenteller.

»Er heißt Joppe und wohnt in Stockholm«, flüstert Zwiebelchen.

Jim nickt.

»An einer ganz langen Straße«, flüstert Zwiebelchen.

»Warst du da?«, fragt Jim.

Zwiebelchen schüttelt den Kopf.

»Nein, aber Mama und ich fahren irgendwann zu ihm.«

»Wann?«

»Wissen wir noch nicht.«

Es ist ein herrliches Gefühl, das zu erzählen. Spannend! Und gut! Fast so, als wäre das mit Stockholm beschlossene Sache.

Also, dass Mama mit Zwiebelchen dort hinfahren wird.

Als sie zurückgehen, zupfen die anderen an Jims Pulli.

»Was hat er gesagt, was hat er gesagt?«

»Das sage ich nicht«, antwortet Jim. Dann schauen Zwiebelchen und er sich an und lächeln.

»Stigge lügt!«, sagt Elmar. »Man kann sehen, dass er lügt!«

»Nö!«, sagt Zwiebelchen.

»Warum erzählst du es dann nicht allen?«, fragt Elmar.

»Ich rede nicht mit dir!«, faucht Zwiebelchen.

»Mit mir auch nicht?«, sagt Eva-Kajsa und legt den Kopf schief. »Mir kannst du es doch sagen?«

»Und mir!«, sagt Bertil.

»Mir auch!«, sagt Tore.

Aber Zwiebelchen will nicht. Er kennt diesen Mann in Stockholm doch gar nicht. Noch nicht. Tore und die anderen würden das nicht kapieren.

»Erzähl doch endlich!«, sagt Bertil.

»Ja, erzähl!«, rufen Lisen und Svea.

»Erzähl, erzähl, erzähl!«, rufen alle.

Da endlich kommt die Lehrerin zurück.

»Was soll denn der Krach?«, fragt sie.

»Stigge behauptet, er hätte einen Papa, der geheim ist«, antwortet Bertil. »Er hat nur Jim erzählt, wer es ist, ich finde, er muss es allen erzählen!«

Die Lehrerin schaut Bertil an und dann Zwiebelchen.

»Das ist alleine Stigs Entscheidung«, sagt sie. »Und jetzt lasst ihr ihn in Ruhe.«

Dann steckt sie Bertils Stern auf einen Bleistift, weil sie keinen Blumenstab auftreiben konnte.

»Jetzt noch mal von vorne!«, sagt sie und sorgt dafür, dass alle da ankommen, wo sie ankommen sollen. »Morgen ist der große Tag.«

Zwiebelchen flüstert wieder in Jims Ohr.

»Ich ziehe mein Sternenjungenkleid an«, flüstert er.

»Ich auch«, antwortet Jim.

»Nein, ich meine, dann. Wenn wir nach Stockholm fahren«, flüstert Zwiebelchen.

Jim nickt.

»Schlau«, sagt er. Dann piekt er Bertil mit dem Finger in den Rücken. »Haha! Bleistift-Junge!«

13

Endlich ist Luciatag! In der Kirche funkeln elektrische Kerzen und die Wiese draußen vor den hohen Fenstern ist grün. Zwiebelchens Klasse steht schon am Taufbecken bereit. Die Lehrerin hastet hierhin und dorthin und macht »Sch-sch-sch!« zu allen, die schwätzen. Einige haben schon mit dem Tippen und Tappen angefangen – es fällt ihnen so schwer, still zu stehen!

Zwiebelchen hat das Sternenjungenkleid an, das Mama an einem Abend voller Verwünschungen an der Nähmaschine genäht hat. Er sieht so schick aus, dass er geradezu leuchtet.

Jim ist auch schick, ja, heute sind alle schick – und Bertils Mama hat einen Blumenstab in ihren Beständen gefunden, sodass Bertil kein Bleistift-Junge sein muss.

Allmählich füllen sich die Kirchenbänke mit Eltern, Geschwistern und Großeltern. Zwiebelchens Opa konnte nicht kommen, er hat wieder solche Schmerzen im Rücken. Aber wenn er genug Geld für den Bus hat, kommt er an Heiligabend.

Zwiebelchen reckt den Hals. Er hat Mamas braune Haare noch nirgends entdeckt. Sie hat doch hoffentlich nicht die Zeit vergessen? Noch einmal singt er das Tip-Tap-Lied leise für sich selbst, er will sichergehen, dass es klappt, wenn es so weit ist. Doch, er erinnert sich noch an alle Wörter.

Die Lehrerin wuselt weiter zwischen den Kindern hin und her. Sie hilft ihnen mit ihren Kronen, Spitztüten und Zipfelmützen. In Zwiebelchens Klasse gibt es drei Lucias, vier Sternenjungen, drei Wichtel und null Brautjungfern. Jeder durfte sich selbst aussuchen, was er sein will.

»So«, sagt sie. »Gleich geht's los. Wir sind als Erste dran.«

»Wissen wir schoooon!«, flüstern die Kinder.

»Und wenn wir unser Lied gesungen haben, gehen wir sofort an unsere Plätze und setzen uns hin.«

»Wissen wir schoooon!«

»Dann kommen nämlich die Zweitklässler dran.«

»Jaaa! Wissen wir schoooon!«

»Na dann«, sagt die Lehrerin. Sie eilt nach vorne und geht vor der ersten Bankreihe in die Hocke. Wenn alle Eltern sitzen, wird sie die Arme heben. Das ist das Zeichen, dann sollen sie anfangen zu singen.

Plötzlich schnappt jemand nach Luft und fängt an, superlaut zu flüstern. Und dann noch jemand. Zwiebelchen weiß nicht, worüber sie tuscheln, aber es ist ihm auch egal, denn jetzt hat er Mama im Mittelgang entdeckt. Sie sucht nach einem Platz. Und Karl ist dabei!

Zwiebelchen freut sich. Darüber haben Mama und Karl also gesprochen, als Mama in der Werkstatt vorbeigeschaut hat. Sie hat Karl zum Luciafest eingeladen, um Zwiebelchen zu überraschen! Er hüpft und winkt, damit sie ihn sehen.

»Hallo!«, ruft er.

»Stig, schhh«, flüstert die Lehrerin. »Jetzt gebt euch bitte alle Mühe und steht still.«

Karl hat Zwiebelchen gesehen. Er winkt zurück und sagt etwas zu Mama. Mama schaut zu ihm.

Sie lächelt, ihre Augen glänzen. Sie winkt auch und quetscht sich auf eine der Bänke. Karl bekommt den Platz direkt neben ihr.

Rund um Zwiebelchen wird das Getuschel immer schlimmer und schlimmer. Jemand lacht, Lisen schlägt die Hände vor den Mund. Dann beugt sie sich zu Majken.

»Der Typ von Moto-Fix ist Stigges Papa!«, flüstert sie.

Und Majken schnappt auch nach Luft, reckt den Hals und schaut in die Menge. Sie nickt und schlägt die Hände vor den Mund, genau wie Lisen.

Es dauert einen Moment, bis Zwiebelchen kapiert, was los ist. Ein paar Sekunden oder so. Aber als es ihm endlich aufgeht, da fangen seine Wangen, seine Stirn und seine Ohren an zu brennen.

Denn da sitzen sie, alle Mamas und Papas. Zwei und zwei, wie es sich gehört. Mama und Karl sitzen genauso nebeneinander. Und Zwiebelchen hat doch behauptet, dass er einen geheimen Papa hat!

»Ist er nicht!«, faucht er.

Nein, Karl ist NICHT Zwiebelchens Papa. Zwiebelchen mag Karl gerne, aber das ist nicht dasselbe! Zwiebelchens Papa ist schick! Mit Mundwinkeln, die nach oben zeigen, mit blonden Haaren und haarigen Schultern! Kein hinkender, verlotterter Kerl mit schmutzigem Hemd und Bartstoppeln!

Und was heißt schon mögen? Zwiebelchen ist sich gar nicht mehr so sicher, dass er Karl mag. Was hat er überhaupt hier zu suchen? Weiß er denn nicht, dass das Luciafest nur für Eltern ist? Er soll von hier verschwinden!

Aber das kann er nicht, niemand kann das, denn jetzt wird die große Tür krachend geschlossen, und das Gemurmel, Flüstern und Scharren hört auf. Es ist mucksmäuschenstill in der Kirche. Die Lehrerin hebt die Arme.

14

Jetzt singt die Klasse aus vollem Hals.

Aber Zwiebelchen singt nicht mit. Er steht da, stumm und kalt wie ein Stein, und als die Kinder kleine Trippelschrittchen machen, rührt er sich nicht. Und je länger er so still und stumm dasteht, umso mehr wundern sich die, die auf den Bänken sitzen. Mamas Augen, die eben noch so geleuchtet haben, der Mund, der so breit lächelte – nichts sieht mehr fröhlich aus.

Die Lehrerin wedelt mit den Armen, mimt mit großen Grimassen den Text, schaut zu Zwiebelchen und will, dass er loslegt. Zwiebelchen presst die Zähne zusammen.

Als sie fertig sind, wird applaudiert. Zwiebelchen

weiß nicht, ob Mama und Karl klatschen, er schaut auf den Boden.

Dann dürfen sie gehen und sich auf ihre Bank setzen, während die Zweitklässler angerannt kommen und sich vor dem Taufbecken aufstellen. Sie sollen *Bethlehems Stern* singen.

Die Kinder tuscheln, zeigen auf Zwiebelchen.

»Ist der von Moto-Fix dein Papa?«, fragen sie.

»Nein, ist er nicht!«, sagt Zwiebelchen.

»Schhh!«, zischt die Lehrerin und legt den Zeigefinger auf den Mund.

Aber es dauert nicht lang, da flüstern sie schon wieder. Sie drehen sich um und schauen zu Mama und Karl, tippen Zwiebelchen an.

»Wieso ist er dann hier?«

»Wegen nichts!«, faucht Zwiebelchen.

»Jetzt seid ihr aber still!«, sagt die Lehrerin und sieht langsam böse aus. »Die anderen Kinder wollen heute auch noch auftreten.«

Ja, viele Kinder singen. Als die Zweitklässler fertig sind, sind die Drittklässler an der Reihe.

Und dann die Viertklässler.

Und dann die Fünftklässler und zuletzt die Sechstklässler. Wieder Applaus.

Es gibt ein riesiges Gewühle, als alle aufstehen. Mütter, Väter und Kinder drängeln sich vor, um einander zu begrüßen. Und Tores Oma hat Tore eine Christrose mitgebracht.

Zwiebelchen will nicht, dass Mama und Karl zu ihm kommen. Deshalb bleibt er an der vordersten Bankreihe stehen und versucht, sich ganz klein zu machen.

Egal, wohin er schaut, alle scheinen über ihn zu sprechen. Tores Oma lacht gerade über etwas, das Tore gesagt hat. Bestimmt lacht sie über Zwiebelchen! An der Tür zur Sakristei stehen Elmar und seine Mama. Und sein Papa, der bei Tottas dieses blaue Fahrrad gekauft hat. Dieses Fahrrad. Zwiebelchen bekommt es nicht mehr aus dem Kopf.

»Hier ist er!«, ruft jemand.

Zwiebelchen dreht sich um. Die Lehrerin steht da und zeigt auf ihn. Sie winkt jemandem zu, der weiter hinten im Menschenmeer feststeckt. Mama! Sie drängelt sich nach vorne und Karl folgt ihr.

Mama beugt sich nach unten und nimmt Zwiebelchen in den Arm.

»Wir haben dich gesucht«, sagt sie. »Hallo.«

»Hallo«, murmelt Zwiebelchen.

Mama lächelt, aber man sieht, dass sie sich fragt, was los ist. Sie streicht ihm über die Wange.

»Hast du den Text vergessen?«, fragt sie.

»Ja«, sagt Zwiebelchen.

»So was passiert«, sagt die Lehrerin und dann muss sie sich zu einer anderen Mama durchschieben, die auch nach einem Zwerg sucht.

»Ich habe Karl eingeladen«, sagt Mama.

Karl trägt seine dicke, unförmige Jacke über dem Arm.

»Na du?«, sagt er.

Zwiebelchen schaut ihn nicht an, er sagt:

»Das hier ist nur für Mamas und Papas.«

»Nein, aber das stimmt doch gar nicht!«, sagt Mama, und ihre Wangen laufen rot an. »Lisens Tante und Cousinen sind zum Beispiel auch da.«

»Ja, für solche auch.«

»Wie bitte?«

»Nicht für solche, die man nur kennt.«

Karl räuspert sich. Ihm fällt nichts ein, was er sagen könnte.

Zwiebelchen rennt zu Jim. Jim hat seine Spitztüte abgenommen, das Gummi hat unter dem Kinn eingeschnitten. Da nimmt Zwiebelchen seine Spitztüte auch ab und knüllt sie zusammen. Direkt neben ihnen stehen Bertil, Majken und Svea. Und Eva-Kajsa und Eva-Kajsas Schwester. Sie tuscheln und flüstern und gucken.

»Mach dir nichts draus«, sagt Jim, der schließlich weiß, dass Karl nicht Zwiebelchens Papa ist.

Zwiebelchen nickt und fühlt sich ein bisschen besser. Jim ist ein toller Freund!

Karl zieht seine Jacke an. Bestimmt will er jetzt nach Hause. Gut so! Aber dann sieht Zwiebelchen, dass Karl in seine Richtung kommt. Kann er nicht einfach gehen?

»Ich dachte, ich verziehe mich jetzt.«

»Mm«, sagt Zwiebelchen. Er schaut verstohlen zu Bertil und den anderen. Jetzt tuscheln sie schlimmer denn je!

»Mm«, sagt Zwiebelchen lauter, für den Fall, dass Karl ihn beim ersten Mal nicht gehört hat. »Tschüss.«

Karl richtet sich auf.

»Tschüss«, sagt er und dreht sich um. Aber dann bleibt er stehen und sieht Zwiebelchen an. »Du hast ein sehr schickes Kleid an«, sagt er und klopft Zwiebelchen auf den Rücken. »Mir gefällt besonders gut, dass die Nähte grün sind.«

Da schubst Zwiebelchen Karls große Hand weg und zischt:

»Lass los! Du sollst mich nicht anfassen!«

Karl verschwindet hinkend durch das Gewühl. Er sieht albern, dumm und eklig aus.

15

Als wieder Schule ist, reden alle Kinder über Zwiebelchen und Karl. Und ganz egal, wie oft Zwiebelchen ihnen sagt, dass Karl NICHT sein Vater ist, es hilft nichts. Die Kinder glauben es trotzdem. Es passt einfach zu gut zusammen, dass sein Papa geheim war und Karl am Luciatag zusammen mit Zwiebelchens Mutter aufgetaucht ist. Einige behaupten sogar, dass Zwiebelchen nichts von Karl erzählt hat, weil er sich SCHÄMT.

In der Pause rennen sie ihm nach wie Hunde. Sie hecheln, schnüffeln und fragen. Zwiebelchen hat keine ruhige Minute.

»Kann dein Papa Hühner hypnotisieren?«, fragt Majken.

»Er ist nicht mein Papa!«, antwortet Zwiebelchen.

»Aber kann er es?«

»Nein!«, faucht Zwiebelchen.

Dann rennt er zusammen mit Jim weg. Ihr Atem raucht und die Kälte beißt ihnen in Finger und Zehen. Sie klettern auf das Klettergerüst. Ganz oben im Turm haben sie bestimmt ihre Ruhe!

Aber nur kurz.

Denn sofort tauchen Tore und Bertil auf. Sie platzen fast vor Neugier.

»Wieso hat dein Papa dieses Bein?«, fragt Bertil.

»Ich hab doch gesagt, dass er nicht mein Papa ist«, sagt Zwiebelchen.

»Und wieso war er dann beim Luciafest?«, fragt Tore.

»Weil meine Mama ihn kennt, sie hatte ihr Auto da!«

»Das hatte meine Mama auch«, sagt Tore.

Zwiebelchen und Jim sausen auf der Rutsche nach unten. Ihre Pos landen hart auf dem gefrorenen Boden. Dann springen sie auf und rennen zu den Knallerbsensträuchern.

Wenn man sich ganz klein macht, kann man zwischen die Zweige kriechen und sich verstecken – und das tun Zwiebelchen und Jim. Sie sitzen ganz leise im Moos. Kein anderer darf herkommen!

Aber dann dauert es nicht lange, bis doch wieder jemand auftaucht. Jemand, der angekrochen kommt. Die Zweige schleifen über seine Jacke. Jemand, der schnüffeln will.

»Es ist Elmar«, flüstert Jim.

»Schhh!«, sagt Zwiebelchen.

Elmar hat sie gesehen.

Er kriecht näher und schiebt die Zweige beiseite. Seine Oberlippe ist verschnoddert. Seine Wangen sind gerötet. Eine ganze Weile schaut er Zwiebelchen an und Zwiebelchen schaut zurück. Er WEISS, dass Elmar irgendetwas Fieses sagen will, dass er natürlich die Gelegenheit nutzen will, jetzt, wo so viel von Karl die Rede ist.

Aber da wischt sich Elmar mit dem Rücken seines Handschuhs über die Oberlippe und sagt:

»Wollen wir uns wieder vertragen?«

Erst glaubt Zwiebelchen, dass Elmar ihn reinlegen will. Ja, es kann gar nicht anders sein! Bestimmt wird Elmar jeden Moment losprusten, auf Zwiebelchen zeigen und »REINGELEGT!« schreien.

Aber Elmar lacht nicht.

Er wartet.

Zwiebelchen denkt nach, dass es kracht. Seine Brille beschlägt vom vielen Denken.

Sich vertragen?

Mit Elmar?

Sich vertragen?

Mit einem Fahrrad fahrenden Angeber-Affen?

Zwiebelchen reibt sich die Brillengläser mit beiden Daumen und blinzelt. Dann sagt er »Nö!« – und kriecht weg.

Jim folgt ihm. Als sie aus den Sträuchern kommen, rennen sie zu der großen Treppe. Da stehen Majken, Tore und Bertil. Und Eva-Kajsa auch.

»Wenn ihr wissen wollt, wer mein Papa ist: Er wohnt in Stockholm!«, sagt Zwiebelchen.

Majken, Eva-Kajsa, Tore und Bertil schauen ihn mit großen Augen an.

»Stimmt das?«, fragt Majken.

»Ja, das stimmt«, sagt Zwiebelchen mit schneidiger Stimme.

»Ja, das stimmt«, sagt Jim fast genauso schneidig.

Majken denkt ziemlich lange nach.

»Wieso wohnt er nicht bei euch?«, fragt sie.

»Tja … vielleicht tut er das irgendwann, wir fahren

nämlich hin und besuchen ihn und dann sehen wir mal«, murmelt Zwiebelchen.

»Wann fahrt ihr denn?«, fragt Eva-Kajsa.

»Bald«, sagt Zwiebelchen. »Zwischen den Jahren, glaube ich.«

Eva-Kajsas, Majkens, Bertils und Tores Augen werden noch größer.

»Stigges Papa wohnt in Stockholm!«, rufen sie und fangen an, über den Hof zu rennen, damit alle es hören. »In Stockholm, in Stockholm, Stigge fährt zwischen den Jahren zu ihm! Der von Moto-Fix ist nicht sein Papa!«

Zwiebelchen und Jim bleiben auf der Treppe stehen. Zwiebelchen sieht einen Raben in der großen Birke. Er kackt und schüttelt sich kurz. Dann fliegt er weg.

16

Als Zwiebelchen an diesem Nachmittag nach Hause geht, kriechen schwere Seufzer in seinem Hals nach oben. Aber egal, wie sehr er auch seufzt, er fühlt sich nicht erleichtert. Die Gedanken scheuern in seinem Kopf und die Tage zwischen den Jahren erscheinen ihm auf einmal so unbehaglich nah.

Links und rechts der Straße liegen die Gärten und warten auf Schnee. Es passt ihnen nicht, dass Weihnachten vor der Tür steht und alles grün ist, sie wollen weiß sein!

Altes, nasses Laub und Abfall, alles ist so trist, dass man es kaum aushalten kann.

Eine Fahrradklingel schrillt hinter Zwiebelchens Rücken. Er bleibt stehen und dreht sich um. Elmar und sein Papa sausen auf ihren Rädern an ihm vorbei. Der Papa klingelt wieder.

»Tschüss, Stigge!«, ruft er.

»Mm«, sagt Zwiebelchen.

Elmar sagt nichts. Er wird kleiner und kleiner. Schließlich macht der Weg eine Kurve und dann ist er gar nicht mehr zu sehen. Zwiebelchen steht immer noch da und starrt auf die leere Kurve.

Ein Fahrrad. Wieso gibt es gewisse Menschen auf dieser Welt, die kein Fahrrad haben? Wieso hat Elmar eins und Zwiebelchen nicht? Wieso ist Zwiebelchen leer ausgegangen?

Er schluckt. Jetzt, wo er sich nichts mehr aus Hühnern macht – DENN DAS TUT ER NICHT MEHR –, denkt er wieder öfter an Fahrräder. Aber jetzt weiß er ja ganz sicher, dass er keins bekommen wird. Mama hat Lego gekauft.

Aber … natürlich! Es gibt ja auch noch andere Räder als die bei Tottas.

Zwiebelchen läuft los, er rennt immer schneller. Als er um die Ecke biegt, liegt Moto-Fix wie ein großer rosa Zuckerwürfel vor ihm. Die Tore zur Werkstatt stehen offen.

Er reckt den Hals. Er will Karl nicht sehen – und

er will nicht, dass Karl ihn sieht! Nie mehr! Er muss irgendwie in den Wald kommen, ohne den alten Garten zu durchqueren.

Ja, genau, wie wäre es, wenn er hinter dem Schuppen entlanghuscht? Das müsste klappen. Er springt über den Straßengraben.

Hinter dem Schuppen wuchert ziemlich viel Gestrüpp, aber die Zweige sind braun und weich und biegen sich unter Zwiebelchens Schuhen zur Seite. Nur die Hagebuttensträucher bleiben an der Thermohose hängen.

Als er im Wald ist, rennt er erst mal eine Weile geradeaus, und dann rennt er noch in eine etwas andere Richtung. Er weiß nicht mehr genau, welchen Weg er gelaufen ist, als er das letzte Mal hier war …

Aber da entdeckt er plötzlich Müll und eine Hauswand! Diesen Müll und diese alte Egge hat er schon mal gesehen und die Rollen mit Schafnetz liegen auch noch da!

Jetzt dauert es nicht mehr lange und er hat auch das Fahrrad gefunden. Es steht noch an derselben Stelle. Zwiebelchen zieht an dem dünnen, rostigen Schloss. Es bewegt sich nicht. Er hebt einen Stock auf und schlägt damit drauf, aber der Stock ist morsch und zerbricht. Da tritt er stattdessen gegen das Schloss. Tritt und tritt – und plötzlich macht es: Klonk!, und dann ist das Fahrrad nicht mehr abgeschlossen!

Zwiebelchen schiebt es durch das Moos nach Hause. Es ist schwer, und die Stützräder bleiben in den Zweigen und Ästen hängen, die auf dem Boden liegen.

Dieses Fahrrad gehört niemandem. Zwiebelchen weiß es. Die Egge, das Schafnetz und alles – das gehört zu dem Haus. Aber nicht das Fahrrad, das hat vor langer Zeit jemand hier vergessen.

Aber *falls* es doch jemandem gehört, ist es sicher das Beste, wenn er es erst mal versteckt und nur ab und zu rausholt – wenn er Fahrrad fahren will!

Er nimmt den Weg übers Feld. Fünf Rehe stehen am Waldrand und schauen ihm zu, wie er sich durch die Furchen kämpft. Ganz plötzlich macht eins von ihnen einen Satz und rennt weg. Die anderen folgen ihm.

Zwiebelchen stapft weiter. Er schwitzt schrecklich. Als er die Straße erreicht hat, setzt er sich auf den Sattel und versucht zu fahren. Es geht nur mühsam. Eigentlich gar nicht. Er schaut auf die Reifen. Sie sind platt.

Also wieder runter. Das letzte Stück nach Hause rennt er, rollt das Rad schnell am Küchenfenster vorbei und rein in den Schuppen. Er macht die Tür hinter sich zu.

Hier drinnen riecht es feucht. Eigentlich ganz gut. An den Wänden hängen Schaufeln und Rechen. Der Handrasenmäher steht in der Ecke und wartet auf den Sommer, darauf, dass er mit seinen rostigen Klingen wieder Gras mähen darf. Zwiebelchen sucht und sucht. Mama hat doch das alte Fahrrad von Oma geerbt und bestimmt gibt es auch irgendwo eine …

… Luftpumpe! Er macht einen Freudensprung, als er sie entdeckt. Dann setzt er sich auf den kalten Betonboden und pumpt beide Reifen auf. Als er fertig ist, schiebt er das Rad ganz hinten in die Ecke und hängt eine Plane darüber. Jetzt kann niemand mehr erahnen, dass dort – unter der glänzend grünen Folie – Zwiebelchens Fahrrad steht!

17

Am nächsten Morgen scheint es, als hätten die Kinder die Sache mit Karl vergessen. Niemand rennt Zwiebelchen hinterher und stellt neugierige Fragen. Wirklich schön!

Aber *reden* tun sie trotzdem. Über etwas anderes. Eva-Kajsa steht an der großen Treppe und ein ganzer Pulk Kinder drängelt sich um sie herum.

Jim auch.

Zwiebelchen geht schnell zu ihm. Er will hören, worum es geht:

Diebe. Sie kommen in ihren gammeligen Autos aus der Stadt hierhergefahren. Dann nehmen sie alles mit, was sie schnappen können, packen es in den Kofferraum und fahren wieder nach Hause.

Eva-Kajsa sieht erwachsen und ernst aus, als sie erzählt: Die Diebe.

Jetzt waren sie auch in Kilsmo.

Die Kinder flüstern und ihre Wangen glühen. Das ist ja schrecklich! Richtige Diebe mit Taschenlampen und schwarzen Strümpfen über dem Kopf!

Zwiebelchen zupft Jim am Ärmel.

»Was haben sie gestohlen?«, fragt er.

»Ein Fahrrad«, sagt Jim. »Das von Eva-Kajsas Schwester.«

Zwiebelchen denkt nach. Das Fahrrad von Eva-Kajsas Schwester? Das kann doch nicht das Rad sein, das er gestern im Wald geholt hat, oder? Schließlich geht Eva-Kajsas Schwester schon in die Fünfte und das Fahrrad ist klein. Außerdem hat es Stützräder!

Nein, es ist bestimmt so, dass die Diebe AUCH hier waren. Und als Zwiebelchen weiter nachdenkt, fällt ihm wieder ein, dass Eva-Kajsas Schwester ein schwarzes Fahrrad hat. Ja, so ist es!

Eva-Kajsa erzählt weiter: Ihr Vater hat den Diebstahl bemerkt. Denn jeden Morgen nach dem Aufstehen stellt er sich ans Fenster, seufzt, schaut in den Garten und denkt an alles, was zu tun ist. Und fast immer brüllt er dann ihre große Schwester an, dass sie endlich das Fahrrad holen soll, das sie im Wald hat stehen lassen. Der Papa kann nur ein kleines Stück des Lenkers sehen, das hinter einem Zweig herausragt. Aber heute Morgen, gerade als er losbrüllen wollte, hat er bemerkt, dass das Fahrrad weg ist! Da dachte er sich sofort, dass diese Diebe da gewesen sein müssen, von denen sein Schwager mal gehört hatte. Die haben es nämlich auf genau solche Dinge wie Fahrräder, Schneefräsen und Bootsmotoren abgesehen.

Zwiebelchen schaudert. Es ist schrecklich, sich vorzustellen, dass letzte Nacht Diebe durch das Dorf gefahren sind. Vielleicht waren sie sogar an Zwiebelchens Haus und haben unter dem Vordach gestöbert! Aber da haben sie nichts Schönes gefunden, nur einen alten Besen.

Doch dann passiert etwas ziemlich Seltsames, denn plötzlich streckt jemand einen Finger aus und sagt: »Da kommt sie!«

Alle schauen. Tatsächlich, da kommt Eva-Kajsas große Schwester, die Schwester, die in die fünfte Klasse geht und Hanna heißt. Und sie kommt auf einem Fahrrad!

Ist das nicht komisch? Sie steigt von ihrem alten

schwarzen Fahrrad und stellt es am Fahrradständer ab. Dann schreitet sie wie eine traurige Königin zur Schultreppe.

Alle rennen zu ihr.

»Hast du dein Fahrrad wiedergefunden?«, rufen sie.

»Nein«, piepst Hanna. Ihre Augen sind ganz rot geweint. Eigentlich wollte sie heute gar nicht in die Schule gehen. Sie hat Angst vor den Dieben. Den ganzen Morgen lag sie im Bett und wollte nicht aufstehen. Aber dann kam ihre Mama und sagte, dass sie muss. Deshalb ist sie traurig.

Hanna geht die Treppe hoch. Oben bleibt sie stehen und weint und redet mit den großen Kindern. Die Kinder aus Zwiebelchens Klasse gehen weg. Alles ist so schrecklich verwirrend. Einerseits soll Hannas Fahrrad also gestohlen sein – aber andererseits hat sie es doch gerade eben am Fahrradständer abgestellt! Wie passt das alles zusammen?

Das kann Eva-Kajsa natürlich erklären: Es ist nämlich so, dass Hannas ALTES Fahrrad gestohlen worden ist. Das Fahrrad, das sie hatte, als sie kleiner war.

Später durfte Eva-Kajsa darauf üben, aber jetzt haben sie beide schon vor Längerem neue Räder bekommen, sodass niemand mehr das alte Rad benutzt. Aber sie wollten trotzdem nicht, dass Diebe es mitnehmen.

Zwiebelchen schluckt. Er zupft an Eva-Kajsas Arm.

»Wo wohnt ihr denn?«, fragt er.

»Auf Brittorp«, sagt Eva-Kajsa.

»Äh, welches Haus war das noch gleich?«, fragt Zwiebelchen.

Da zeigt Eva-Kajsa in die Richtung, wo sie wohnt, und beschreibt, wie man zu ihrem Haus kommt. Man geht einfach die Straße entlang, an der Kurve vorbei und direkt danach biegt man rechts ab und schon ist man da. Zwiebelchen fühlt sich, als hätte ihm jemand in den Magen geboxt. Dann liegt Brittorp ja ungefähr dort, wo er das rote Fahrrad gefunden hat. Aber nur um ganz sicher zu sein, fragt er:

»Habt ihr eine Egge hinter dem Haus?«

Eva-Kajsa nickt. Ja, aber die haben die Diebe nicht mitgenommen und die Schafnetze auch nicht, obwohl Schafnetze so teuer sind. Sie haben nur das Fahrrad geklaut. Dann dreht sich Eva-Kajsa wieder zu Majken um und redet weiter über Diebe und andere schreckliche Sachen. Aber Zwiebelchen steht nur da und sagt nichts. Er denkt daran, wie gut es ist, dass er das Fahrrad so gut im Schuppen versteckt hat!

18

So gut hat Zwiebelchen das Fahrrad dann doch nicht versteckt. Zwei Tage später hat Mama es gefunden. Sie hatte im Wald eine Tanne abgesägt und im Schuppen nach dem Weihnachtsbaumständer gesucht. Plötzlich hob sie die Plane an und da war das Fahrrad! Als Zwiebelchen aus der Schule nach Hause kommt, hat Mama das Rad schon unter das Vordach geschoben. Zwiebelchen steht lange davor und schaut es an. Sein Bauch brennt. Die Tanne steht aufrecht in ihrem Ständer. Man glaubt fast zu sehen, wie sie Zwiebelchen aus ihren Astlöchern anstarrt und denkt: JAHA, JETZT WISSEN WIR, WER DER DIEB WAR!

Vorsichtig macht Zwiebelchen die Haustür auf

und geht rein. Mama kommt ihm schon in der Diele entgegen.

»Hallo, Zwiebelchen.«

»Hallo.«

Mama schweigt. Sie wartet wohl darauf, dass Zwiebelchen selbst etwas sagt, aber das tut er nicht. Dann sagt sie:

»Was ist das für ein Fahrrad, das ich heute im Schuppen gefunden habe?«

Zwiebelchen zuckt mit den Schultern.

»Ein Fahrrad«, murmelt er.

»Wo kommt es her?«

»Hm, aus dem Wald.«

»Was heißt: aus dem Wald?«

»Da hab ich es gefunden.«

»Mitten im Wald?«

»Ja, ungefähr.«

Mama stemmt die Hände in die Seiten, ihr Mund ist schmal.

»Hast du ein Fahrrad mitgenommen, ohne zu wissen, wem es gehört, Zwiebelchen?«

»Nein, ich weiß, wem es gehört.«

»Ach ja?«

»Eva-Kajsas großer Schwester.«

Mamas Wangen laufen dunkelrot an.

»Wie konntest du so was tun, Zwiebelchen? Das ist Diebstahl!«, sagt sie.

Zwiebelchen schüttelt den Kopf.

Nein, er hat nicht gestohlen. Er hat ein Fahrrad mitgenommen, das im Wald stand und um das sich niemand gekümmert hat.

Es ist nicht seine Schuld, dass Hanna hinterher eingefallen ist, dass sie es doch haben will!

Und das Fahrrad stand bestimmt seit Monaten da und hat geweint, es ist sicher einfach nur froh, dass es in Zwiebelchens Schuppen umziehen durfte!

»Du nimmst jetzt das Fahrrad und bringst es zu Eva-Kajsa«, sagt Mama. »Und dann entschuldigst du dich. Und bei der Gelegenheit könntest du auch gleich noch zu Karl gehen und dich bei ihm dafür entschuldigen, wie du dich am Luciafest benommen hast.«

Zwiebelchen presst die Zähne zusammen.

Niemals!

Niemals!

Mama geht in die Hocke, sie streichelt ihm über die Wange.

»Du«, sagt sie, und ihre Stimme klingt sanfter.

»Schaffst du das nicht? Sollen wir zusammen gehen? Du wolltest mir doch zeigen, wie du den Hahn hochhebst, und das alles.«

Zwiebelchen schnaubt.

»Ich gehe nicht mehr zu Karl, ich mag ihn nicht!«

Mama legt den Kopf schief.

»Wieso nicht?«, fragt sie. »Was ist denn auf einmal passiert, Zwiebelchen?«

»Wann fahren wir nach Stockholm?«, schreit Zwiebelchen.

Da steht Mama auf, ihre Stimme ist wütend:

»Wir fahren nicht nach Stockholm!«

»Doch, das tun wir, du hast es versprochen!«

»Nein, das habe ich nicht, Zwiebelchen, nur du träumst die ganze Zeit von Stockholm! Ich will da nicht hin!«

»Doch!«

»Nein! Und davon abgesehen bringt es sowieso nichts, dort hinzufahren, denn wir würden diesen Mann niemals finden! Weißt du eigentlich, wie viele Menschen in Stockholm wohnen?«

»Aber wenn es doch eine lange Straße ist!«

»ALLE STRASSEN IN STOCKHOLM SIND LANG!«

Zwiebelchen wird kalt wie ein Eiswürfel. Es sieht Mama gar nicht ähnlich, ihn so anzuschreien.

Mama tut es sofort leid, sie geht wieder in die Hocke und drückt Zwiebelchens Hand. Dann sagt sie dasselbe, was sie schon hundert oder tausend Mal vorher gesagt hat:

»Dieser Mann. Ich wollte ihn nicht. Ich wollte nur dich.«

Da sagt Zwiebelchen etwas, das er noch nie zuvor gesagt hat, aber was er schon sehr, sehr oft gedacht hat. Vielleicht jeden Tag:

»Aber ich wollte ihn.«

Mama schluckt. Ihre Augen schwimmen.

»Nimm jetzt einfach das Fahrrad und bring es zu Eva-Kajsa«, flüstert sie und drückt noch einmal Zwiebelchens Hand. »Du? Machst du das, bitte?«

Zwiebelchen tritt unter das Vordach und schiebt das Fahrrad die Treppe runter. Mama zieht leise die Tür hinter ihm zu und Zwiebelchen schiebt das Rad zur Straße. Dann steigt er auf. Aber er wird nicht zu Eva-Kajsa fahren!

19

Der Weg nach Stockholm ist weit. Und um auf die Straße nach Stockholm zu kommen, muss man erst ziemlich lange auf einer anderen Straße fahren. Aber Zwiebelchen schafft das. Wenn Mama ihn nicht dorthin bringen will, dann muss er das eben selbst in die Hand nehmen.

Nur das Sternenjungenkleid zieht er nicht an, diese Idee hat Karl ihm kaputt gemacht! Solche Kleider mag Zwiebelchen jetzt nicht mehr!

Er fährt los, die Dorfstraße hinunter. Gleich ist er an der Kreuzung, wo man geradeaus fahren muss, wenn man zu Eva-Kajsa und Hanna will. Aber Zwiebelchen biegt nach links ab. Und gerade als er an dem Schild vorbeifährt, wo Kilsmo aufhört, spürt er einen kleinen, kalten Kuss auf der Nase. Die allererste Schneeflocke des Winters.

Wie immer stehen die Rehe auf dem Feld. Sie recken die Hälse und drehen ihre Ohren wie Antennen. Dann rennen sie los, aufgeschreckt von dem roten Metallmonster, das an ihnen vorbeiquietscht. Zwiebelchen strengt sich an. Fahrradfahren ist nicht so, wie er es sich vorgestellt hat. Es ist mühsam. Die Stützräder sind rostig. Aber er bleibt nicht stehen. Stockholm, Stockholm. Dorthin wird er heute fahren.

Ja, da wird Mama sich wundern! Wenn es Abend wird und er nicht nach Hause kommt! Dann kann sie am Fenster stehen und an den Fingernägeln knabbern. Und unterdessen klingelt Zwiebelchen bei seinem Papa. Papa öffnet die Tür und strahlt über das ganze Gesicht.

»Nein, so was, dass du ganz alleine hierhergeradelt bist!«, sagt er. »Oh, mein Zwiebelchen, mein Zwiebelchen! Endlich!«

Zwiebelchen tritt in die Pedale, weiter, weiter, weiter. Hauptsache, er findet unter all den langen Straßen die richtige.

Schon wenig später senkt sich die Dunkelheit über

die Felder. Zwiebelchen sieht die Sterne, die wie kleine weiße Punkte am Himmel auftauchen.

Aber es fallen auch immer mehr weiße Punkte auf die Erde. Der Schnee, der sich fast ein ganzes Jahr nicht mehr hat blicken lassen, meldet sich mit Macht zurück. Die graue Straße wird immer heller und bald ist sie matschig. Zwiebelchen reibt sich wieder und wieder die Brillengläser trocken. Schweiß kriecht über seinen Körper. Er bleibt stehen und zieht seine Jacke aus. Er klemmt sie auf den Gepäckträger, dann fährt er weiter. Stockholm, Stockholm. Das ist der einzige Ort, an dem er sein will.

Wenn er das Rad abstellen und stattdessen zu Fuß gehen würde? Es wäre schön, nicht mehr so schwer treten zu müssen.

Nein, denn vielleicht möchte Papa ja eines Tages zusammen mit ihm einen Fahrradausflug machen. Zwiebelchen könnte vorneweg fahren und Papa hinter ihm, und er würde alle anklingeln, die sie überholen. In Stockholm gibt es eine Menge zu sehen. Das Schloss des Königs zum Beispiel.

Er kann das Fahrrad nicht hierlassen, er muss weiterstrampeln. Und während er strampelt, fällt der Schnee immer dichter. Die Kraft schwindet aus seinen Beinen, dabei ist er noch nicht mal in der Nähe der Straße nach Stockholm. Und plötzlich werden unangenehme Gedanken wach und schütteln sich. Gedanken, die eigentlich weit, weit hinten im Kopf wohnen und gar nicht nach vorne kommen *dürfen.* Aber hier, in dem hoffnungslosen Schneegestöber, während sein Körper vor Erschöpfung zittert, da kommen sie trotzdem. Was ist, wenn Papa sich gar nicht freut, ihn zu sehen? Was, wenn sein Gesicht ganz kalt wird und er sagt: »Was willst du denn hier?«

Ist diese Vorstellung, dass Papa Zwiebelchen um den Hals fällt, wenn sie sich endlich das erste Mal begegnen, vielleicht einfach nur dumm?

Sie IST dumm. Hätte sich Papa wirklich nach Zwiebelchen gesehnt, dann hätte er ihn doch wohl selbst gründlich gesucht! Dann wäre er nach Kilsmo gefahren und hätte an alle Türen geklopft. Aber das hat er nicht getan. *Er ist nicht gekommen.*

Zwiebelchen springt vom Sattel. Er kann nicht mehr in die Pedale treten, aber er kann auch nicht stehen bleiben! Es ist egal, dass das Fahrrad zurückbleibt, er muss vor diesen Gedanken weglaufen. Muss diese lange Straße finden, muss Papa finden und sein glückliches Gesicht sehen!

Aber nein, die Beine sind zu müde und der Matsch zu tief. Die Gedanken holen ihn ein. Sie schlingen ihre Arme so fest um seinen Bauch, dass er aufkeucht, sie wissen genau, wo sie ihn zwicken müssen und wo es ihm am meisten wehtut.

Zwiebelchen bleibt stehen. Er presst seine geballten Fäuste in den Magen. Irgendwo im Schneetreiben klemmt seine Jacke noch immer auf dem Gepäckträger und jetzt schwitzt er nicht mehr. Er friert. Er denkt an das, was Elmar gesagt hat: dass es ihm recht geschieht, dass er keinen Papa hat. So ist es.

Denn Zwiebelchen ist dumm und hässlich und er ist ein schlechter Fahrradfahrer. Er ist ein Dieb. Und Mama hat all die Jahre gelogen. Sie hat gelogen, damit Zwiebelchen nicht traurig ist, aber jetzt weiß er, wie die Dinge liegen: Es war nicht Mama, die diesen Mann nicht wollte. Es war dieser Mann, der Zwiebelchen nicht wollte.

20

Zwiebelchen rennt nicht mehr. Er setzt sich in den Schnee. Er ist weit weg von zu Hause. Das Fahrrad steht irgendwo verlassen an der Straße. Tränen kullern seine Wangen hinunter, er schluchzt. Er versteckt das Gesicht in den Händen, obwohl ihn niemand sehen kann.

Er will nie wieder aufstehen. Er will hier sitzen bleiben, bis er zu Eis geworden ist. Dieser Mann … er wollte Zwiebelchen nicht haben. Dieser Mann. Er ist kein Papa.

Kälter und kälter wird Zwiebelchen, sein Körper zittert. Die eisige Kälte beißt in seinen Po. Flocken, groß wie Fünfkronenstücke, fallen immer dichter, und es ist lange her, dass ein Auto vorbeigefahren ist. Die Leute bleiben im Haus, wenn die Straßen so glatt sind.

Plötzlich bekommt Zwiebelchen Angst. Er will gar nicht zu Eis werden, er will nach Hause zu Mama. Er steht auf und rennt los. Schnell ist seine Brille mit Schnee bedeckt, er fällt hin.

Er steht auf, wischt den Schnee ab und rennt weiter. Aber es ist aussichtslos, etwas sehen zu wollen, wenn die Brille die ganze Zeit einschneit.

»Mama!«, ruft er.

Der Schnee erstickt den Laut. Zwiebelchen ruft lauter.

»Mama, Mama!«

Aber Mama hört ihn nicht, niemand hört ihn. Es ist dröhnend still um ihn herum.

Obwohl … Zwiebelchen reckt den Hals. Das Geräusch eines Automotors kommt näher. Was, wenn es Mama ist? Er rennt dem Geräusch entgegen.

Aber was, wenn es NICHT Mama ist? Was, wenn es der Schneepflug ist? Und was, wenn der Fahrer ihn nicht sieht, sondern ihn überfährt, weil er mitten auf der Straße rennt?

Er muss sich an die Böschung stellen und warten. Sein Herz klopft laut. Dann sieht er die Scheinwerfer im Schneetreiben. Dann sieht er das Auto. Es ist nicht Mamas. Es ist Karls!

»Karl!«, schreit Zwiebelchen und winkt. »Karl, Karl, halt an!«

Karl ist schon fast an ihm vorbeigefahren, als er eine Vollbremsung macht. Das Auto rutscht ein ganzes Stück. Als es endlich zum Stehen gekommen ist, macht Karl die Tür auf und steigt aus. Zwiebelchen ist so froh, ihn zu sehen, dass er nur so in seine Arme fliegt.

»Na, so was, da bist du ja«, sagt Karl und drückt ihn. »Deine Mama macht sich Sorgen.«

Zwiebelchen sagt nichts, er drückt nur sein Gesicht an Karls Brust.

»Wo ist deine Jacke?«, fragt Karl.

»Ich weiß nicht, ich hab sie beim Fahrrad gelassen.«

Karl setzt ihn ab. Er zieht seine große, unförmige Jacke aus und wickelt Zwiebelchen darin ein. Dann trägt er ihn ins Auto.

Sie müssen langsam zurückfahren. Die verschneite Straße ist furchtbar rutschig. Zum Glück haben die Reifen von Karls Auto Spikes.

Mamas wollte nicht einmal anspringen, die Batterie hat wohl endgültig ihren Geist aufgegeben. Darum hat sie Karl angerufen, als Zwiebelchen nicht nach Hause kam.

Sie sind ziemlich schweigsam. Karl räuspert sich ab und zu und schaut Zwiebelchen an. Der Schnodder kitzelt an Zwiebelchens Oberlippe. Im Auto ist es warm und schön.

»Wusstest du, dass ich mal eine Ente hatte?«, fragt Karl schließlich.

Zwiebelchen schaut ihn an.

»Nee«, sagt er.

Karl räuspert sich wieder. Nein, natürlich, das kann Zwiebelchen ja nicht wissen. Es ist schon viel zu lange her, Karl wohnte damals in einem anderen Dorf, das Sundby heißt. Sundby liegt an einem großen See, dem Hjälmaren. Die Ente hatte er von einem Nachbarn bekommen, der seine Tiere abgeben musste, weil er wegziehen wollte. Und Karl, der schon eine Menge Hühner hatte, dachte, dass eine einzelne kleine Ente doch bestimmt nicht viel Mühe machen würde.

Karl schaltet und fährt noch langsamer, um rechtzeitig gegenlenken zu können, falls das Auto in Richtung Graben rutscht. Dann erzählt er weiter:

Die Ente legte schon bald darauf vier Eier, die sie

den ganzen Tag bebrütete, aber nach nur einer Woche wurde sie vom Fuchs gefressen. Damit die Eier es trotzdem schaffen würden, setzte Karl stattdessen eine seiner Hennen ins Nest, um weiterzubrüten. Das Huhn hieß Pirjo.

»Aber nun ist es so mit Enten, dass sie sofort nach dem Schlüpfen das Wasser suchen, weil sie zum Schwimmen gemacht sind«, sagt Karl. »Und so war es auch bei Pirjos Küken.«

Ja, denn als die Küken geschlüpft waren, wurden sie sofort von Pirjo umsorgt. Die Henne kümmerte sich um sie, als wären es ihre eigenen Kinder, und sie rannte von morgens bis abends hinter den Kleinen her. Aber eines Tages, als die Küken wieder auf Entdeckungsreise waren, spürten sie plötzlich unter ihren Füßen, wie der Boden weicher wurde. Da wussten sie, dass sie nah am Wasser waren. Und schwups, rannten sie zum Strand des Hjälmaren und hüpften ins kühle Nass!

Aber Pirjo, die ja nie etwas anderes gelernt hatte, als dass Seen lebensgefährlich sind, dachte natürlich, dass ihre Küken ertrinken würden. Ohne zu zögern, rannte sie ins Wasser, um sie zu retten. Sie versank und war sofort tot.

Karl ist vor Zwiebelchens Haus stehen geblieben. Er macht den Motor aus.

»Auch wenn man nicht die richtige Mama oder der richtige Papa von jemandem ist«, sagt er, »kann man sich trotzdem so fühlen.«

Zwiebelchen macht die Autotür auf und kriecht aus der Jacke.

»Ja«, murmelt er.

»Frohe Weihnachten, falls wir uns nicht mehr sehen«, sagt Karl.

»Frohe Weihnachten.«

Zwiebelchen schlägt die Autotür hinter sich zu. Karl lässt den Wagen an und schlingert die Dorfstraße hinunter.

21

Bald ist das Brummen von Karls Auto in dem dichten Schneefall nicht mehr zu hören. Zwiebelchen stapft durch den Vorgarten und trampelt unter dem Vordach ein paarmal auf der Stelle. Dann macht er die Tür auf.

Mit rot geweinten Augen stürzt Mama auf ihn zu. Sie wirft sich auf die Knie und drückt ihn so fest an sich, dass sie ihn fast zerquetscht.

»Oh, mein Zwiebelchen, mein Zwiebelchen«, flüstert sie. »Ich habe mir solche Sorgen gemacht.«

Zwiebelchen sagt nichts, er schnieft nur.

Mama zieht ihm sofort die nassen, kalten Kleider aus. Sie wickelt ihn in eine Decke und trägt ihn zum Sofa. Dann sitzen sie da. Zwiebelchen drückt seinen

Kopf an Mamas. Mama drückt ihren an Zwiebelchens.

»Wohin wolltest du mit dem Fahrrad?«, fragt sie.

»Nach Stockholm«, sagt Zwiebelchen mit krächziger Stimme. »Aber es war zu weit.«

Mama sagt nichts. Sie streicht ihm über die Haare.

»Wenn du willst …«, sagt sie und macht eine lange Pause. »Wenn du willst, können wir vielleicht eines Tages nach Stockholm fahren. Wenn unser Auto wieder in Ordnung ist. Aber ich glaube, es wird schwierig, diesen Mann zu finden. Vielleicht ist es auch unmöglich.«

Zwiebelchen betrachtet den Papierstern im Fenster. Der Stern von Bethlehem leuchtete auch so schön. Er leuchtete über dem Jesuskind, das gerade geboren war. Seine Mama war in einer Nacht, als niemand sonst wach war, einem Engel begegnet, und danach fing ihr Bauch an zu wachsen. Aber der Engel flog davon und kam nie mehr zurück.

»Du weißt, dass Papa mich nicht haben wollte«, sagt Zwiebelchen.

Mamas Augen werden groß.

»Was sagst du denn da?«, fragt sie.

»Er wollte mich nicht.«

»Das stimmt nicht.«

»Doch.«

»Nein.«

»Wieso ist er dann nicht hergekommen?«

Mama legt den Kopf schief und streichelt ihm weiter über die Haare.

»Zwiebelchen, ich habe dir doch schon so oft davon erzählt. Dieser Mann … er weiß ja nicht mal, dass es dich gibt. Es war einfach jemand, den ich an diesem Wochenende in Stockholm kennengelernt habe. Und als wir uns voneinander verabschiedet haben, da habe ich den Zettel mit seiner Telefonnummer weggeworfen, weil … weil ich ihn eigentlich gar nicht so gernhatte.« Sie wickelt die Decke fester um Zwiebelchen.

»Aber als ich dann merkte, dass du in meinem Bauch warst, da war ich schrecklich glücklich. Ich konnte an nichts anderes denken als an dich, dich, dich. So gerne wollte ich dich haben. Ich wollte nur nicht diesen Mann.«

Ihre Augen werden feucht.

»Ich habe nie begriffen, wie sehr *du* ihn haben willst. Ich dachte, ich würde dir reichen. Verzeih mir, Zwiebelchen. Ich habe nur an mich selbst gedacht.«

Sie wischt ein paar Tränen weg, die ihre Wangen heruntergerollt sind. Aber dann lächelt sie so breit, dass ihre Mundwinkel von einem Ohr zum anderen reichen. Ein kleines Lachen springt aus ihrem Mund.

»Ich bin so froh, dass es dich gibt«, sagt sie. »Auch wenn es dumm von mir war, dir keinen Papa zu besorgen, habe ich nie etwas bereut.«

Zwiebelchen nickt. Dann drückt er seinen Kopf wieder an Mamas und reibt sich die verschnodderte Oberlippe an der Decke ab. Er ist auch froh, dass es ihn gibt. Draußen vor dem Fenster fallen immer noch Schneeflocken vom Himmel.

»Sollen wir nach Stockholm fahren?«, fragt Mama. »Wir könnten zwischen den Jahren fahren. Karl hilft mir bestimmt mit der Batterie.«

Zwiebelchen kaut auf seiner Unterlippe. Ja, Karl kann Mamas Batterie bestimmt in Ordnung bringen. Er kann viel. Er kennt sich mit Autos und Hühnern aus und mit Beinen, die zu kurz sind.

Aber Stockholm? Will Zwiebelchen dorthin?

Eigentlich nicht. Eigentlich gibt es in Stockholm nichts, wonach er sich sehnt. Das Schloss hat er ja schon im Fernsehen gesehen. Und einen Papa gibt es in Stockholm auch nicht. Jedenfalls keinen richtigen. Man ist nur richtig, wenn man sich richtig fühlt. Und dieser Mann … er weiß ja nicht mal, dass es Zwiebelchen gibt. Aber dafür kann er ja nichts.

Zwiebelchen schüttelt den Kopf.

»Ich will nur zu Hause sein«, sagt er.

Mama fährt ihm über die Haare.

»Okay, Zwiebelchen.«

22

Mama hatte nicht nur Karl angerufen, als Zwiebelchen so lange im Schneetreiben verschwunden war. Erst rief sie Eva-Kajsas und Hannas Mama an und fragte, ob Zwiebelchen mit dem Fahrrad bei ihnen gewesen wäre. Auf diese Weise erfuhren sie auf Brittorp natürlich, dass Zwiebelchen der Dieb war.

Und etwas später am Tag, als Zwiebelchen wieder zu Hause war, aufgewärmt und satt, fand Mama, es wäre eine gute Idee, die Lehrerin anzurufen und ihr auch alles zu erzählen. Dass Zwiebelchen ein Fahrrad gestohlen hatte und dass er damit nach Stockholm fahren wollte.

Am letzten Schultag vor Weihnachten gibt es etwas, worüber die Lehrerin mit der ganzen Klasse sprechen möchte. Es ist etwas Wichtiges und deshalb schiebt sie ihre Brille ganz nach oben und verschränkt die Hände vor dem Bauch.

»Nun, es ist so, dass es in letzter Zeit eine Menge Gerede über Stigs Papa gab«, sagt sie.

»*Hat* er einen Papa?«, fragt Tore.

»Ja, das weißt du doch, in Stockholm!«, sagt Majken.

»Schhh!«, sagt die Lehrerin. »Das ist genau das, worüber ich mit euch reden will. Es gab eine ganze Menge Gerede darüber, wer Stigs Papa ist oder wo er wohnt, und ich möchte nicht …«

Zwiebelchen meldet sich.

»Ja, Stig?«

»Ich will etwas sagen«, sagt Zwiebelchen.

»Bitte schön«, antwortet die Lehrerin.

Zwiebelchen schaut auf den Tisch. Er hustet einmal.

»Ich habe keinen Papa in Stockholm.«

Die Kinder schnappen nach Luft.

»Aber du hast es doch selbst gesagt!«, sagt Majken. »Du hast gesagt, du würdest zu ihm fahren!«

»Ja, das hat er gesagt, das hat er gesagt!«, rufen ein paar andere.

»Das war erfunden«, sagt Zwiebelchen.

Dann sagt er nichts mehr. Schaut nur noch auf den Tisch.

Die Lehrerin nickt.

»So, jetzt wissen wir alle Bescheid. Aber worauf ich hinauswollte: Wenn wir uns im neuen Jahr wiedersehen, möchte ich nichts mehr von dieser ganzen Angelegenheit hören. Ich möchte, dass ihr Stig in Ruhe lasst. Okay?«

»Okay!«, sagen alle.

Zwiebelchen holt tief Luft. Es ist ein gutes Gefühl, das gesagt zu haben.

Bertil meldet sich.

»Ja, Bertil?«, fragt die Lehrerin.

»Wieso hat Stigge Hannas Fahrrad mitgenommen?«, fragt Bertil.

Ja, denn Bertil und alle anderen haben natürlich schon gehört, wer der wahre Dieb war. Solches Getratsche ist schwer zu stoppen.

Die Lehrerin seufzt leise.

»Das ist eine Sache, die Stig und Hanna mit ihren Müttern geklärt haben, darüber brauchen wir uns also auch keine Gedanken zu machen. Okay?«

»Okay!«, sagen alle.

»Na dann«, sagt die Lehrerin. »Dann wünsche ich euch jetzt frohe Weihnachten!«

»Frohe Weihnachteeeen!«, schreien die Kinder und springen von ihren Plätzen auf. Endlich Ferien!

Zwiebelchen und Jim gehen zusammen in die Garderobe. Da drücken sie ihre Nasen an die Fensterscheibe. Die Welt dort draußen glitzert weiß. Eine dicke Decke liegt über dem Schulhof. Wer hätte gedacht, dass der Schnee doch noch kommt!

»Du denkst vielleicht, dass ich dich angelogen habe?«, sagt Zwiebelchen. »Mit meinem Vater.«

Jim zuckt mit den Schultern.

»Ich dachte, ich hätte einen Vater in Stockholm«, sagt Zwiebelchen. »Aber dann bin ich darauf gekommen, dass das gar nicht stimmt.«

Für eine lange Zeit sagt Jim gar nichts mehr. Er leckt über seine rissige Oberlippe.

»Ich könnte vielleicht meinen Papa fragen, ob er nicht auch dein Papa sein kann«, überlegt er.

Zwiebelchen denkt kurz darüber nach.

»Nein«, sagt er. »Das ist nicht nötig.«

Sie ziehen sich an.

Zwiebelchen trägt die Jacke vom letzten Jahr. Die Ärmel sind zu kurz. Er fröstelt, als sie nach draußen kommen. Der Schnee reicht bis über den Stiefelschaft.

Am Schultor bleiben sie stehen. Sie verabreden, dass sie sich zwischen den Jahren zum Spielen treffen wollen. Vielleicht bekommt Jim Polizei-Funkgeräte zu Weihnachten.

Da geht Elmar durch das Tor. Er schaut die beiden nicht an, marschiert einfach vorbei und macht sich auf den Heimweg.

»Ich muss los, bis bald«, sagt Zwiebelchen zu Jim.

»Bis bald«, sagt Jim.

Zwiebelchen rennt zu Elmar. Als er ihn eingeholt hat, geht er eine Weile neben ihm her.

Elmar sagt nichts.

»Wenn du magst, können wir uns jetzt vertragen«, sagt Zwiebelchen. »Also, nur wenn du magst.«

Elmar zieht die Nase hoch. Dann ist er lange still.

»Ja, okay«, murmelt er.

»Okay!«, sagt Zwiebelchen.

Dann stapfen sie weiter die Dorfstraße hinunter, Seite an Seite.

Zwiebelchen fühlt sich, als hätte er einen großen Ballon im Magen.

Jetzt, wo Elmar sein blaues Fahrrad nicht dabeihat,

ist es irgendwie einfacher, sich mit ihm zu vertragen. Ja, es ist wirklich in jeder Hinsicht gut, dass der Schnee gekommen ist!

23

Zwiebelchens Opa kann sie an Weihnachten nicht besuchen. Sein Rücken schmerzt, die Gicht ist zurückgekommen, und er hat die Spikes für seine Schuhe im Supermarkt verloren, deshalb will er jetzt überhaupt nicht mehr aus dem Haus. Nicht mal zur Bushaltestelle, obwohl die nur eine Straße weiter ist. Außerdem hat er kein Geld, um Weihnachtsgeschenke zu kaufen, er hat nämlich noch weniger Geld als Mama.

Es sieht also so aus, als würden morgen nur Zwiebelchen und Mama feiern, aber das macht doch nichts, oder? Sie sind es ja gewöhnt, nur sich selbst zu haben.

Obwohl. Vielleicht wäre es ja auch lustig, *einer* mehr zu sein.

Am Morgen des Dreiundzwanzigsten schläft Zwiebelchen bis halb zehn. Als er aufwacht, setzt er seine Brille auf. Dann liegt er im Bett und denkt an die vielen seltsamen Dinge, die in letzter Zeit passiert sind. An Hühner und Hähne, Lügengeschichten und Fahrräder … und Schneetreiben. Er denkt an die Heimfahrt in Karls Auto und an die arme Pirjo, die ertrunken ist.

Da hört er plötzlich, wie Mama unten mit jemandem spricht. Ihre Stimme klingt freundlich. Zwiebelchen wird neugierig. Er wirft die Decke beiseite und huscht nach unten.

Im Wohnzimmer hat Mama die Lichterkette ausgepackt, die später im Baum hängen soll. Sie liegt wie ein seltsames leuchtendes Wassertier auf dem Fußboden. Mama selbst steht am Telefon und hält den Hörer ans Ohr.

»Danke, danke«, sagt sie. »Das ist superlieb. Ich hätte es ja selbst gemacht, aber die Batterie ist endgültig tot. Danke. Dir auch frohe Weihnachten.«

Sie legt auf.

»Wer war das?«, fragt Zwiebelchen.

»Das war Karl«, sagt Mama und fängt an, die Lichterkette zu entwirren.

»Was wollte er?«, fragt Zwiebelchen.

»Ich habe ihn angerufen. Ich wollte ihn bitten, noch mal loszufahren und nach Hannas Fahrrad zu schauen. Und es auf Brittorp abzugeben, falls er es findet. Außerdem wäre es ganz gut, wenn wir deine Jacke wiederbekämen. Die war schließlich noch ziemlich neu.«

»Worüber habt ihr noch geredet?«, fragt Zwiebelchen.

»Was?«, fragt Mama und überlegt, wie sie das Ende der Lichterkette finden soll. Egal, wo sie zieht, das Gewirr wird nur immer schlimmer.

»Habt ihr sonst nichts gesagt?«

»Nein … was denn?«

»Kannst du ihn nicht fragen, ob er an Weihnachten zu uns kommen will?«

Mama hört auf, mit der Kette zu kämpfen, und schaut ihn an.

»Doch, das kann ich. Ich dachte nur, du würdest das vielleicht nicht wollen?«

»Doch.«

Mama zuckt mit den Schultern.

»Na dann«, sagt sie. Sie legt die Lichterkette weg und geht zum Telefon. Sie wählt die Nummer.

»Ja, hallo, hier ist noch mal Nora. Hm, ich wollte fragen, was du morgen vorhast, ob du irgendwo hingehst? Nein. Nein. Denn wenn du Lust hast, könntest du ja bei uns vorbeikommen … Ja, das war seine Idee. Ja. Ja! Sagen wir, gegen fünf?«

»Frag ihn, ob er Hekto mitbringen kann!«, zischt Zwiebelchen und zupft an ihrem Ärmel.

»Schhh!«, macht Mama.

»Frag ihn!«

Mama hält die Hand vor den Hörer.

»Nein, das kann er natürlich nicht!«, sagt sie. Dann nimmt sie die Hand wieder weg. »Du musst nichts mitbringen. Abgemacht. Wir freuen uns.«

Sie legt auf. Zwiebelchen zupft wieder an Mamas Pulli und stampft mit dem Fuß auf.

»Ich will dir aber zeigen, wie ich ihn hochnehme«, sagt er.

»Dafür ist ein andermal auch noch Zeit«, sagt Mama.

»Ja, aber ich will morgen.«

»Jetzt schmücken wir den Baum.«

»Okay.«

Und das machen sie auch. Mama flucht ein paarmal über die Lichterkette, aber dann sitzen die Kerzen da, wo sie hingehören, festgeklemmt auf den piekenden Zweigen. Zwiebelchen hängt die Weihnachtswichtel, Kugeln und Fähnchen auf und Mama steckt den Stern auf die Baumspitze. Zuallerletzt holt sie ein eckiges, klapperndes Päckchen, das sie unter den Weihnachtsbaum legt. Sie schaut Zwiebelchen an und streicht ihm über die Wange.

»Ich wünschte, ich hätte dir ein Fahrrad kaufen können«, sagt sie. Zwiebelchen nickt.

Mama schaut auf die Tanne. Die Kerzen spiegeln sich in ihren blauen Augen.

»Ist er nicht schön?«, fragt sie.

Zwiebelchen nickt wieder. Der Weihnachtsbaum ist genauso schön wie immer.

24

Jetzt ist Weihnachten! Die Engel jauchzen und der Kohleintopf blubbert und Zwiebelchen hat einen Legobagger von Mama bekommen! Er hat riesige Reifen und hinter dem Lenkrad sitzt ein Männchen mit Helm.

Zwiebelchen schiebt die Schaufel rauf und runter, rauf und runter. Er sehnt sich danach, dass Karl endlich kommt. Dann kann er ihm erzählen, wie schnell er den Bagger zusammengebaut hat.

»Wie viel Uhr ist es?«, ruft er.

»Du hast doch eben erst gefragt, es ist Viertel vor«, sagt Mama, der gerade die Hackbällchen angebrannt sind. »Du musst einfach warten, er kommt ja um fünf.«

Da klopft es an der Tür! Zwiebelchen rennt schnell wie der Blitz hin und macht auf. Es ist Karl! Er zieht sich die Mütze vom Kopf.

»Ich bin ein bisschen früh dran«, sagt er.

»Frohe Weihnachten!«, sagt Mama. »Komm rein!«

»Willst du meinen Bagger sehen?«, fragt Zwiebelchen.

Das will Karl natürlich gerne. Er hängt seine Jacke auf, zieht die Stiefel aus und kommt mit in die Stube. Zwiebelchen schiebt die Schaufel hoch und zeigt Karl das Legomännchen. Man kann den Helm abnehmen, wenn man will.

»Ich habe ihn in einer halben Stunde zusammengebaut«, sagt Zwiebelchen.

»Hui-ui-ui«, sagt Karl.

Als sie ein Weilchen gespielt haben, ist das Essen fertig.

»Bitte schön, setzt euch«, sagt Mama. »Ich hoffe, ihr mögt schwarze Hackbällchen.«

Das tun sie beide, Zwiebelchen und Karl. Und sie mögen auch Schinken und Hering und Kartoffeln – und Karl mag sogar den Kohl. Zwiebelchen nicht. Er findet, Kohl schmeckt nach Pups.

Sie essen und essen und Mama und Karl trinken

beide ein Weihnachtsbier und albern rum. Zwiebelchen fühlt sich innerlich ganz warm und glücklich. Stell dir vor, da sitzen sie hier, alle *drei*!

Schließlich bekommt keiner von ihnen auch nur einen einzigen kleinen Heringsschwanz mehr herunter. Da steht Karl auf und sagt, dass er sich jetzt gerne für das Essen bedanken möchte. Er geht in die Diele, zieht seine Stiefel an, und ohne noch ein Wort zu sagen, geht er raus unters Vordach und zieht die Tür hinter sich zu.

Es dauert einen Moment, dann kommt er zurück. Er hat ein schweres, eckiges Ding unter dem Arm, das er zu Mama trägt. Eine Autobatterie!

Mamas Wangen werden ganz rot, und sie strahlt vor Freude und sagt: »Das ist doch viel zu viiiiiiel!«

»Der Einbau ist im Preis inbegriffen«, scherzt Karl – und Mama lacht.

Dann schaut Karl Zwiebelchen geheimnisvoll an.

»Für dich habe ich auch etwas«, sagt er.

Er geht wieder raus. Zwiebelchen rennt ans Fenster, aber Mama zieht ihn schnell wieder weg. Er sieht nur noch, wie Karl die Kofferraumklappe aufmacht.

»Nicht heimlich gucken«, sagt sie.

»Weißt du, was ich bekomme?«, fragt Zwiebelchen.

»Keine Ahnung«, sagt Mama.

Da geht mit einem Schwung die Tür ganz weit auf. Draußen steht Karl, groß und stark – und er hält etwas in der Hand:

Hannas altes Fahrrad. Aber es sieht gar nicht mehr alt aus, sondern nagelneu! Zwiebelchen rennt hin, um es anzufassen.

»Ist das für mich?«, schreit er.

»Ja«, sagt Karl. »Deine Jacke habe ich auch, aber ich hab sie zu Hause vergessen. Frohe Weihnachten!«

Dann erzählt er, wie alles zugegangen ist. Ja, nachdem er gestern mit Mama telefoniert hatte, fuhr er los, um nach dem Rad zu suchen. Es war nicht schwer zu finden, weil es in den letzten Tagen ja ein bisschen getaut hat. Aber als er es auf Brittorp abgeben wollte, sagten sie dort, dass sie ein bisschen über alles nachgedacht und beschlossen hätten, dass Zwiebelchen das Fahrrad behalten solle! Da fuhr Karl sofort nach Hause und machte sich an die Arbeit. Er schliff den Rost weg, strich das Rad mit frischer roter Farbe und ölte die Stützräder. Jetzt könnte man meinen, es käme direkt von Tottas!

Zwiebelchen weiß nicht, was er sagen soll. Er kann gar nicht aufhören, mit den Fingern über die glänzenden Teile zu streichen, über den Sattel und die Gummigriffe. Ein Fahrrad. Eins, das ganz allein ihm gehört.

Aber trotzdem ist da etwas, das in seinem Magen nagt. Denn er weiß ja genau, warum sie auf Brittorp beschlossen haben, dass er es bekommen soll. Weil er ihnen leidtut. Weil er keinen Papa hat.

Aber sie sollen kein Mitleid mit ihm haben! Sie sollen nicht die Stirn runzeln und den Kopf schief legen! Sie sollen ganz normal gucken, wenn er an ihnen vorbeigeht. »Da geht das glückliche Zwiebelchen«, sollen sie sagen.

Er schaut Karl an, der sich mit Mama auf das Sofa gesetzt hat, um Kaffee zu trinken. Karl hat keine blonden Haare. Und seine Mundwinkel zeigen nicht nach oben. Er ist auch nicht schick. Aber vielleicht …

Zwiebelchen schleicht sich an und zupft an Karls Hemdärmel.

»Hast du Haare auf den Schultern?«, fragt er.

»Ja …«, sagt Karl und kratzt sich am Kinn. »Das kann man wohl sagen.«

Zwiebelchen denkt ein bisschen nach.

»Wollen wir dann sagen, dass du mein Papa bist?«, fragt er.

Karls Augen sind nicht überrascht. Sondern schmal und froh. Und jetzt zeigen seine Mundwinkel nach oben. Er schaut verstohlen zu Mama, die nickt.

»Ja«, sagt Karl. »Das wollen wir.«

Zwiebelchen ist so glücklich, dass er anfängt, im Kreis zu rennen und zu lachen. Karl lacht mit und Mama auch. Zwiebelchen rennt in die Küche und wieder raus, in die Diele und zurück, die Treppe hoch und wieder runter. Da entdeckt er draußen auf der Straße einen Nachbarn, der Ljunggren heißt. Er führt seinen Hund Gassi.

Zwiebelchen öffnet das Fenster.

»Weißt du, wer mein Papa ist? Das ist Karl von Moto-Fix!«, schreit er.

»Ach so?«, sagt Ljunggren und sieht dumm aus.

»Und, du! Weißt du, was ich von meinem Papa zu Weihnachten bekommen habe?«, schreit Zwiebelchen. »Ein Fahrrad!«

Dann macht er das Fenster zu und geht zurück zu dem gelben Sofa. Da klettert er hoch und macht es sich bequem, in der Mitte, zwischen Mama und Papa.

25

Hier kommt das glückliche Zwiebelchen. Er ist auf dem Weg zu seinem Papa, um ihm bei den Hühnern zu helfen. Mama geht neben ihm.

Keine Menschenseele ist draußen. Nicht mal die Rehe. Aber in Johanssons Fichte sitzt eine Elster. Sie schaut Zwiebelchen beeindruckt nach. Ja, man sieht ihm an, dass jetzt alles anders ist.

Als sie vor Moto-Fix ankommen, sind die Werkstatttore zu. Aber im Garten sieht Zwiebelchen einen großen, hinkenden Mann, der gerade zum Hühnerhaus geht.

»Karl!«, ruft Zwiebelchen und rennt zu ihm.

Der große, hinkende Mann dreht sich um. Er lacht.

»Na, so was, ihr seid ja schon da!«, sagt er. Dann

sieht er Mama an. »Danke für das Weihnachtsfest gestern.«

»Danke gleichfalls«, sagt Mama.

»Mama, jetzt zeige ich dir, wie ich die Hühner rauslasse«, sagt Zwiebelchen. »Und ihnen Essen gebe. Und dann hebe ich den Hahn hoch, willst du das sehen?«

Mama lacht und nickt.

Zwiebelchen flitzt zu der geteerten Tür. Er zieht den Riegel zurück und macht auf. Sofort wuseln alle Hühner über die Schwelle, gackernd und kakelnd. Zwiebelchen rennt flink zu dem grünen Schrank, gräbt mit der Schaufel tief im Futtersack und flitzt wieder raus. An einer Stelle hat Karl den Schnee weggeschaufelt, dort streut Zwiebelchen das Futter hin. Die Hühner versammeln sich um ihn, sie picken und picken.

»Siehst du, Mama?«, fragt Zwiebelchen.

Mama nickt wieder. Sie hat sich auf die Bank vor dem Schuppen in die Vormittagssonne gesetzt.

Als alles Futter aufgepickt ist, merkt Zwiebelchen, wie sein Herz schneller schlägt. Hoffentlich klappt es jetzt auch mit dem Hahn. Es ist schließlich schon eine Weile her, dass Zwiebelchen hier gewesen ist, vielleicht hat Hekto ihn vergessen?

Vorsichtig geht er zu den kahlen Fliederbüschen, wo Hekto mit aufgeplustertem Gefieder steht und eingebildet guckt.

Die gelben Hahnenaugen sehen streng aus. Aber dann lässt er die Luft aus dem Gefieder und kakelt zur Begrüßung.

Zwiebelchen beugt sich nach unten und hebt ihn hoch.

Er dreht sich um und geht zu Mama, setzt sich ganz dicht neben sie auf die Bank.

»Siehst du?«, fragt er.

Mama lächelt.

»Ja Zwiebelchen, ich sehe es. Es ist unglaublich, was du kannst.«

Karl setzt sich zu ihnen.

»Ja«, sagt er. »Nicht übel. Wirklich nicht übel.«

So bleiben sie lange sitzen. Die Sonne hat sich ein Stück höher über den Feldrand gekämpft. Hekto döst auf Zwiebelchens Arm.

»Wir dürfen deine Jacke nicht vergessen, wenn wir gehen«, sagt Mama. Seit die neue Jacke im Schnee zurückgeblieben ist, hat Zwiebelchen ja nur noch seine alte.

»Ich hole sie«, sagt Karl.

»Ach was, das kann ich doch machen«, sagt Mama und steht auf. »Bleib du sitzen.«

»Sie hängt auf der Leine in der Waschküche«, sagt Karl. »Gleich, wenn man die Treppe hochkommt.«

Mama stapft durch den weißen Garten. Es dampft aus ihrem Mund.

Karl und Zwiebelchen bleiben alleine zurück und blinzeln in die Sonne. Hekto schläft weiter.

»Wohnst du jetzt bei uns?«, fragt Zwiebelchen.

Karls Wangen werden rot, er sieht ein bisschen überrascht aus.

»Nein, das geht nicht«, sagt er. »Nein, es bleibt erst mal alles so, wie es ist, ich … ich habe ja auch noch die Werkstatt.«

»Und das Hühnerhaus«, sagt Zwiebelchen. »Wir haben einen Schuppen, aber der ist zu klein.«

»Mm«, sagt Karl.

Dann schweigen sie.

Aber plötzlich fängt Zwiebelchen an zu lachen.

»Was ist denn?«, fragt Karl.

»Ich habe geglaubt, du könntest Hühner rückwärtsgehen lassen«, sagt Zwiebelchen.

Da lächelt Karl.

»Ja, aber das kann ich ja auch«, sagt er.

Zwiebelchen schaut ihn mit großen Augen an. Karl steht auf und geht zu Maja. Er geht in die Hocke, streckt eine Hand aus und sagt ruhig:

»Geh rückwärts.«

Maja gehorcht ihm blind. Langsam fängt sie an, durch den platt getrampelten Schnee rückwärtszutrippeln.

»Aber du hast doch gesagt …!«, platzt Zwiebelchen heraus.

»Was denn?«, fragt Karl.

»Ich habe doch gefragt, ob du Hühner hypnotisieren kannst, und du hast Nein gesagt!«, sagt Zwiebelchen.

Karl lacht. Er steht auf und setzt sich wieder neben Zwiebelchen, nimmt ihn in seinen starken Papa-Arm. Eine so simple Sache wie Hühner rückwärtsgehen lassen, die konnte er schon, als er noch ein Junge war, erzählt er. Aber mit Hypnose hat das nichts zu tun. Es ist ganz einfach so, dass man dem Huhn sagen muss, dass es rückwärtsgehen soll. Und dann macht es das.

© Monika Franzon

Frida Nilsson

Frida Nilsson, geb. 1979 in Örebro, Schweden, arbeitete als Moderatorin für das schwedische Kinderfernsehen und schreibt seit 2004 Kinderbücher. 2014 wurde sie mit dem Astrid-Lindgren-Preis für ihr Gesamtwerk ausgezeichnet. Bei Gulliver ist von ihr u. a. die *Hedvig!*-Reihe, *Frohe Weihnachten, Zwiebelchen!* und *Ich und Jagger gegen den Rest der Welt* erschienen.

© Hans-Jürgen Schmitz/Beltz & Gelberg

Anke Kuhl

Anke Kuhl, geb. 1970, lebt in Frankfurt am Main und arbeitet seit ihrem Studienabschluss als freie Illustratorin und Grafikerin in der Ateliergemeinschaft *labor.*

Julia Blesken
Malwines Weihnachtswunder

Mit Illustrationen von Tina Vlachy
Gebunden, 128 Seiten
Gulliver (82434)

Malwines größter Weihnachtswunsch ist ein Hund. Doch ihre Mutter erlaubt das nicht, sie hat schon alle Hände voll zu tun. Als sie an Heiligabend auch noch krank wird, muss Malwine die letzten Einkäufe alleine erledigen. Sie nimmt die verbotene Abkürzung durch den Park und rettet dort einen streunenden Hund aus einer Mülltonne! Ist das ein Zeichen? Hat der obdachlose Peter etwas damit zu tun? Das Weihnachtswunder nimmt seinen Lauf und endet ganz anders, als Malwine es erwartet.

Taran Bjørnstad / Christoffer Grav
Der Krokodildieb

Aus dem Norwegischen von Maike Dörries
Mit Bildern von Christoffer Grav
128 Seiten (ab 8), Gulliver 74905
Ebenfalls als E-Book erhältlich (74878)
Nominiert für den Deutschen Jugendliteraturpreis

Den Schulausflug ins Aquarium findet der schüchterne Odd ein bisschen gruselig. Er könnte von einem Hai gebissen oder von einer Schlange erwürgt werden! Doch dann trifft er den coolen, tätowierten Tierpfleger Rolf, der Würgeschlangen und Krokodile wie Kumpel behandelt. Da ist Odd klar: Er braucht ein Krokodil zum Freund. Es könnte den Sportlehrer in den Hintern beißen und zusammen würden sie es allen zeigen. Also schmuggelt er kurzerhand einen Zwergkaiman mit nach Hause …

GULLIVER www.beltz.de

Andy Riley
King Eddi und der fiese Imperator

Aus dem Englischen von Christine Spindler
Mit Bildern von Andy Riley
Roman, 208 Seiten (ab 7), Gulliver HC 78493
Ebenfalls als E-Book erhältlich (74661)

Schokolade für alle! Das ist bei King Eddi Gesetz. Seine Untertanen lieben ihn. Als jedoch keine einzige Goldmünze mehr im königlichen Sparschwein klimpert, kommt es zu Unruhen. Der fiese Imperator von Nurbison sieht seine Chance, das kleine Königreich zu erobern! Eddi muss sich schnell etwas einfallen lassen …

Andy Riley
King Eddi und das Monster von Krong

Aus dem Englischen von Christine Spindler
Mit Bildern von Andy Riley
Roman, 208 Seiten (ab 7), Gulliver HC 81254
Ebenfalls als E-Book erhältlich (81265)

Große Aufregung in Eddiland: Ein riesiges Monster mit unzähligen Augen macht die Wildnis von Krong unsicher! Heldenhaft verspricht King Eddi seinen Untertanen, das Ungeheuer in einem Zweikampf zu besiegen. Doch der König ahnt nicht, in welches Schlamassel er sich damit stürzt – denn auch sein ärgster Gegner, der fiese Imperator, will das Monster in seine Gefangenschaft bringen …

GULLIVER www.beltz.de